KB017347

조 아 질 라 고

조 아 질 라 고

조아질라고!

지금부터 11년 전, 부산 해운정사 선원에서 머물 때다.
비장한 각오로 정진하러 갔던 터라 하루 1식에 수면시간도 4시간 이하로
정하여 독하게 정진하였다.
잠이 부족하고 배도 고파 매 순간 갈등도 심했지만 이번이 아니면
차라리 죽어버릴지언정 다음으로 미룰 수는 없다는 각오로 임했다.
그러다 보니 몸의 여러 부분들에 병적 증상이 나타났다.
두통에 치통, 등짝 결림, 다친 무릎 통증 등등… 안 아픈 곳이 없었다.

시간이 지나가매 아픈 곳도 하나씩 없어지는데 유독 왼쪽 손목만은 낫지 않았다.
손목에 뜸 뜬 흔적이 있는 걸로 보아 전에도 아팠던 기억이 났다.
아마 전생에 이 손목으로 나쁜 짓을 많이 했는지…
정진을 열심히 하면 좋아지겠지…
그렇게 생각하며 하루 또 하루를 넘겼지만 통증은 더 심했다.

왜 그럴까?

왜 더 아플까?

그러다 생각의 정점에 닿았다.

설악산 봉정암에 갈 때 마지막 깔딱 고개가 있는데

그곳을 지나야 목적지에 닿을 수 있는 것처럼 오늘 더 아픈 것은

아픔의 꼭짓점에 와 있기 때문일 거라고.

모든 것은 시작이 있으면 끝이 있는 것처럼 어차피 시작된 아픔,

더 많이 아파버리면 그 정점에 도달하고 마침내는

아픔이 끝나는 지점에 닿을 거라고…

묘하게도 그 다음날부터 그리고 오늘까지 더 이상 그 손목은 아프지 않았다.

그때 생각했다. 나에게 생기는 몸의 아픔과 마음의 괴로움들은

나를 더욱 조아지게 하려고 나타난 증상이라는 것을.

그때부터 항상 모든 일에 '조아질라고'를 생각하고, 말하게 되었다.

조아질라고. 조아질라고…

2009. 1. 양평군 서종면 서종사에서

범일

목 차

너나 좋지

●

서종사에는...

화야산방禾也山房 ⅲ 누구나 창 넓은 산방에서 향기로운 차 한 잔 음미할 수 있는 공간입니다. 앞 산 코끼리 능선의 변화하는 4계와 멀리 안개 낀 구릉들의 모습을 한눈으로 바라보며, 여여하게 바람소리, 풍경소리, 내 안의 소리를 들을 수 있는 곳.

서종로西宗路 ⅲ 나무와 잡풀과 온갖 들꽃, 계곡 물소리까지 합세하여 맑은 도량으로 이끌어줍니다. 비포장 길의 운치가 은은합니다.

심조연心照淵 ⅲ 연못에는 수련만 피는 게 아닙니다. 구름도 지나가고 하늘과 나무와 마음까지도 비춰보는 쉼터입니다.

적휴지寂休池 ⅲ 화야산 깊은 곳에서 흘러오는 물이 잠시 쉬었다 가는 곳. 낙엽도 쉬어가는 이곳은 비가 잦은 여름철이면 물줄기가 힘차게 흘러내리며 하심下心하는 마음을 배우게 합니다.

공여지空餘池 ⫶⫶⫶ 서종사 왼쪽 계곡에서 내려온 물은
이 공간에 모였다 남는 물은 흘려보냅니다. 공여지는
반야심경에서 나오는 공의 도리를 이해하고 그처럼 살자는
의미의 이름을 지닌 연못입니다. 공여지를 볼 때 마다 공의
도리를 생각합니다. 그 연못에 발 담근 층층나무는 수행자 모습처럼 묵묵하고 든든합니다.

만덕이 ⫶⫶⫶ 부산 만덕동에 식당하시는 불자님께서 인연을
맺게 해주신, 지금까지 가장 오래 함께 서종사의 역사에
등장하는 노란옷의 개.

법통이 ⫶⫶⫶ 법수선원 절의 암캐와 통방산 정곡사의 수캐가
만나 강아지를 낳아 서종사에 온 수캐. 그래서 법수선원의
법자와 통방산의 통자를 합해 만든 이름 법통이다.

나비 ⫶⫶⫶ 야생고양이가 창고에서 새끼를 여섯 마리 낳아서
다섯 마리는 어미가 데려가고 한 마리만 남겨놓아
의젓한 식구가 되었다. 나비처럼 사뿐사뿐 소리도 없이
잘 다녀서 나비.

산속의 작은 산방

西宗寺

서종사의 겨울

하얀 고무신

많이 힘들 때

그럴 때는 이런 생각을 하십시오.

'조아질라고'

많이많이 '조아질라고'
내가 아직 잘 모르지만 뭔가 깊은 뜻이 있겠지.
아마 '조아질라고' 그럴 거야.

조아질라고...

요즘

마당에 서 있으면
그윽한 향기가 풍겨옵니다.
도량이 꽃으로 가득합니다.

한 겨울 추운 날씨와 찬바람에
모든 것이 꽁꽁 얼어 풀 한 포기도 없었는데.

지금은 연둣빛 푸르름이 가득합니다.

모든 것은 변합니다.
혹 지금 힘드시더라도
때가 되면 지나간다는 것을 잊지 마시고
좋을 때를 준비하시지요.

나무 무상 불

업장

화두를 들고

하루 앉아 있으면 있는 만큼

염불을 하면서

한 시간 앉아 있으면 앉아 있는 만큼

절을 한 번 하면 한 만큼

땀 흘리고 힘들게 하면 한 만큼

자기는 몰라도 잠재의식의 업장이 녹습니다.

●

우리는 기도를 하고도 바로 효과가 나타나지 않으면 영험이 없다고,
아무 소용도 없다고 생각을 하기도 합니다.
인연의 씨를 심고 꼭 바로 싹이 나지는 않습니다.
시기가 되어야 하지요. 그 싹이 자라나서 어른 나무가 되고 열매가 익으려면 시간이 필요합니다.
바로 나타나는 경우도 있고 오래 지나서 나타나는 경우도 있습니다.
금방 이루어지는 것에는 문제가 있을 수 있습니다.
자연의 법칙처럼 "나무가 자라듯이 계절이 바뀌듯이"
꾸준히 수행하고 화두를 들고 염불하고 세월이 가야 합니다.
흐르는 물은 쉼 없기에 바다에 이르고, 계절도 쉼 없이 가기에 사계절의 변화가 옵니다.
너무 무리하지 말고, 조급해 하지도 말고, 조금씩 조금씩 변화하는 것이
진리라는 생각을 하면서 살아가야 하겠습니다.

마음가짐

어제 하루는 어떻게 지내셨는지요?
주무실 때는 무슨 생각을 하면서 주무셨는지요?
깨실 때는 어떤 생각을 하면서 일어나시는지요?

주무실 때도 염불삼매를 하시면서 잠들면 좋습니다.
그것이 여의치 않으면 즐거운 마음으로 잠자리에 들면 좋습니다.
일어날 때도 오늘 좋은 날이 될 거야! 더욱 좋은 날이 될 거야!
하면서 밝게 일어나시지요.
혹 과거의 어두운 생각들이나 기억이 있다면 지워버리시고
밝은 내일을 그림 그리면서
하루를 시작하십시오.
매일 매일 새로워지십시오.

나무 조아질라고 불

물의 인연

심조연의 물방울

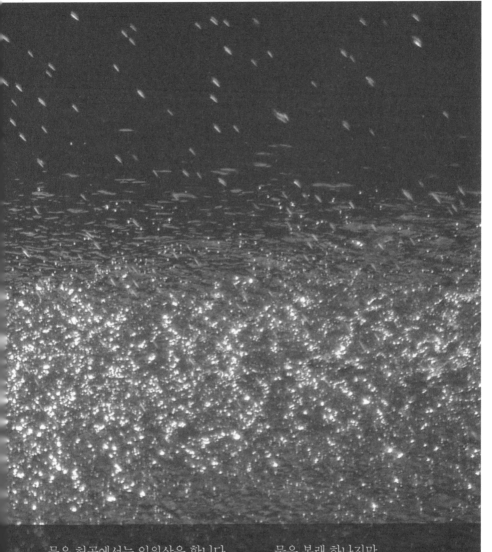

물은 허공에서는 일원상을 합니다.

바람을 만나면 파도가 됩니다.

차가운 온도와 만나면 얼음이 되고

뜨거워지면 수증기가 되어

허공으로 사라집니다.

물은 본래 하나지만

인연에 따라서

여러 가지 모습으로 변합니다.

천백억화신 석가모니불

나무 물방울 불

절하는 것이란 공경함이요, 굴복함이라.
참된 성품을 공경하고
번뇌 무명을 굴복시키는 것이다.

- 서산 대사 『선가귀감』

공경 굴복

거룩하신 부처님과 내 안에 내재되어 계신
참된 성품의 부처님을 공경하는 마음으로 절합니다.
모든 중생들 속에 내재되어 계신 부처님께도
공경의 절을 합니다.
육신을 구부리고 고개를 숙이면서 절하는 것은,
욕심 많고 성내는 마음을 수그리고 자제하고자 하는 것입니다.
우린 잠시라도 잊어버리면 육신을 중심으로 하는
마음이 자리해 버립니다.
그러기에 끊임없이 공경하면서 굴복시켜야 하는 것입니다.
오늘 만나는 우리 이웃님들, 가족님들.
환한 마음으로 공경하고,
하심下心하는 마음으로 대하면 좋겠습니다.
매일 잠을 자고 음식을 먹듯이
수행도 명상도 매일 매일 해야 합니다.

나무 공경굴복 불

화야산의 봄

무심코

낮에 마신 차의 설거지거리인 잎과 물을 버리지 못했습니다.
종종 찻잎이 가라앉은 사발의 모습이 예뻐서 그냥 두었다가
다음 날 아침에 버리기도 합니다.
버리는 곳은 돌계단 옆에 자리한 복숭아나무 밑입니다.
거름도 되고 물도 자주 주면 꽃도 많이 피고 좋을 것 같아서입니다.
오늘 아침에, 공양하러 가다가 항상 그랬듯이
복숭아나무 밑에다 차버린 물을 무심코 쏟았습니다.
그 순간 개구리 한 마리가 폴짝 뛰었습니다.
앉아 있다 물을 옴팡 뒤집어 쓴 모양입니다.

"아이고! 좌선을 하시던 중이었나 본데 미안합니다."

말도, 행동도, 생각도, 무심코 할 일이 아닙니다.

나무 개구리 불

거북이처럼

산에 연두색 물감이 번져가고 있습니다.

오신 분과 차를 마시는데 내게 좋은 말씀을 해 주셨습니다.

나도 모르게 서두르는 성향이 강해서 그런 말씀을 해 주신 것 같습니다.

"거북이는요… 숨도 처언, 천히 쉬고요… 걷는 것도 천, 천히 걷는대요…

고개도 아주 천천히 돌리지요… 그래서 그렇게 오래 사는 거래요… ."

오래 오래 살려는 생각은 해 보지 않았습니다.

거북이가 천천히 걷는 것은 익히 알았으나,

숨도 그렇게 천천히 쉬는 줄은 생각해 보지 못 했습니다.

화엄경 약찬게를 독경할 때도 천천히 하다가 어느덧 빨라져 버리고,

108배를 할 때도 좀 천천히 해야지 하고 시작은 하나

어느덧 헉 헉 거리면서 다 해버립니다.

운전도 왜 그렇게 빨리만 달리려 하는지!

느긋하게 천천히 못 하고 거의 날아다니는 수준입니다.

왜 그렇게 서두르는가?

다음 생에 그렇게 빨리 가야 할 이유가 많지 않은데.

이 몸뚱이로 볼 때 아직 이 세상에 좀 더 있어야 할 것 같은데

늘 서두릅니다.

공부하고 책 보기 좋은 계절,

아침에 법당에서 경허 스님의 참선곡을 읽고 마당에 나왔습니다.

언제나처럼 만덕이가 반갑게 맞이합니다.

나 자신과 산과 그들을 향해

대방광불화엄경, 마하반야바라밀…

주문을 천 천 히 외웠습니다.

조아질라고……!

나무 천천히 불

바람

빈 하늘에 비행기가 흔적을 남깁니다.

조금 있다 보면 그 흔적도 사라집니다.

잠시 스치는 바람입니다.

나무 바람 불

심조연의 봄

맑은 물이 흐려졌다

심조연의 얼음이 녹으면서 물빛이 더없이 맑아졌네요.
워낙 맑아서 연못속이 다 보입니다.
호미며, 지팡이가 빠져 있는 모습도 보이고,
금붕어가 어디에 숨었는지, 작은 치어들은 몇 마리인지 다 보입니다.
이곳은 깊은 산속이긴 하나 부근에 북한강이 있고 물이 많은 곳이라서
아침 일찍 물새들이 물고기를 사냥하러 오는 모습이 보이곤 했었지요.
그 새는 영리하게도 근처에 숨었다가 인적이 드문 시간에
물속으로 잠수하여 물고기들을 잡는 겁니다.
그러니 물이 너무 맑아도 걱정이 됩니다.

그런데 오늘 아침에 보니 심조연 물이 뿌옇게 변해 있었습니다.
이렇게 빨리!
봄이라 기온 상승으로 플랑크톤이 생성되어 물이 흐려진 것이고
그럼 좀 더 안전해 질 텐데,
금붕어들, 겨우내 얼음 속에서 견디며 봄을 기다려 왔을 텐데
참 다행입니다.

그래, 자연의 법칙은 어느 한 가지만의 것은 아니니까.

나무 금붕어 불

낮추기

지난해 가을, 비바람에 나무가 꺾어져 비밀의 화원 입구를 막아 놓았습니다.
가서 톱이나 힘으로 어떻게 해보기에는 좀 커서
그냥 두고 지나다니고 있습니다.
어두운 새벽에도, 환한 낮에도 산에 오르기 위해서는
그 나무 아래로 지나가야 하는데 반드시 자세를 낮추고 숙여야만
갈 수 있습니다.
우리는 살아가면서 늘 새로워져야 하고,
늘 마음을 낮추고 비워서 더욱 아름다워져야 하는데
반대로 되는 경우가 많습니다.
나이를 먹을수록, 재물이 많아질수록, 벼슬이 높아질수록,
상〔我相〕이 높아집니다.
생각키를 저 나무는 길을 지나는 사람 모두에게
'낮추라고' 쓰러진 것 같습니다.
마음도 낮추고 몸도 낮추어서 공경심을 배우라고….

나무 공경 불

생강꽃

산책을 나섭니다.

만덕이가 동행을 합니다.

길옆에는 작은 꽃들이 보입니다.

드디어 시작입니다. 꽃들의 향연이…

생강꽃이 터지기 시작했습니다.

제비꽃도 보이고 노란 괴불꽃도 나왔네요.

참 묘합니다.

늘 우리가 생각하는 것보다 먼저 와 있습니다.

우리가 모르는 사이

우리가 무심한 사이

봄은 먼저 와 있습니다.

온 산에 생강꽃이 이렇게 가득할 줄은 몰랐습니다.

나무 생강꽃 불

버들강아지

우리가 모르는 사이

.

우리가 무심한 사이

.

봄은 먼저 와 있습니다.

한 걸음 한 걸음이

불자님 부부가 오셔서 차 한 잔 마시고 같이 화야산 산정에 올라갔습니다.
모처럼의 산행은 힘이 들었습니다.
일행 중에 한 분이 그러셨습니다.
"한 걸음 한 걸음이 무서운 것이여."

그 말씀을 듣는 순간,
'아! 이 말씀이 곧 법문이다.'

한 걸음 한 걸음이
이 높은 산에 오르게 한 것입니다.
한 걸음 한 걸음이 우리를 여기까지 오게 했습니다.
한 걸음 한 걸음이 중요합니다.

나무 한 걸음 불

녹는 날들

온통 녹아서 내리는 날입니다.
길도 흐르고, 개울도 흐르고,
마당도 흐르고…
다 흘러내리는 날입니다.

괭이를 들고 서종사 올라오는 길로 내려가 보았습니다.
그늘이 깊은 곳엔 아직 얼음이 있어서 파지지가 않습니다.
그래도 녹을 것입니다.

바람이 얼음을 녹일 것입니다.
따뜻한 바람이기 때문입니다.

기도하는 삶은 업장을 녹이는 삶이 됩니다.
늘 기도하고 수행하여 업장을 녹이고
얼음 녹이는 따뜻한 바람처럼
다른 사람의 업장도 녹여주는 따뜻한 사람이고 싶습니다.

나무 온화한 바람 불

하얀 고무신

신발을 벗으면서 보니 때가 많이 묻어 있습니다.
빨래비누로 닦습니다.
신발을 닦으면 기분이 좋습니다.
참 묘합니다.
특별히 밭에 들어가서 일하지 않았어도
시간이 가면 더러워집니다.

마음도 늘 돌아봐야 합니다.
뭔가 나쁜 일을 하지 않았다 해도
신발을 닦듯이 닦아야 하는 게 마음입니다.

나무 신발 불

늘 신는 고무신

기도하는 삶은 업장을 녹이는 삶이 됩니다.
늘 기도하고 수행하여 업장을 녹이고
얼음 녹이는 따뜻한 바람처럼 다른 사람의 업장도 녹여주는
따뜻한 사람이고 싶습니다.

방생의 의미

거북이나 자라, 미꾸라지, 물고기 등을 한 양동이 사서
저수지나 강, 바다에 가서 기도하며 풀어 주는 행위를 방생이라 합니다.
방생을 많이 다닐 때, 미꾸라지가 면적이 좁은 양동이에서 과밀도로
거품을 일으키는 모습은 안타까웠지만 추어탕집에서 삶겨지는 것보단
낫겠다 싶었지요.
한때는 날짐승 방생이라면서 꿩 같은 새들을 사서
오대산 월정사에서 날려주기도 했습니다.
서종사에서는 화야산에 들짐승, 날짐승 먹이 주는 방생을 하기도 했었지요.
이제 방생의 의미도 달라졌습니다. 뿐만 아니라 다양하게 해석하고 있지요.
불우이웃돕기나 여러 종류의 '보시' 가 그것입니다.
늘 깨어 있는 삶을 사는 것, 자기의 참 성품을 발견하는 것,
어려운 이웃에게 따뜻한 마음을 주는 것, 또는 생명을 구하여 주는 것,
환경을 지키는 것, 오며 가며 이웃과 밝은 얼굴로 인사를 하는 것,
고운 말 아름다운 말을 하는 것 등등이 참 방생이 아닐까 싶습니다.

나무 변화 불

가고 옴

봄에는 꽃이 많이 보입니다.
그 꽃을 보면서 가끔 이런 걱정이 듭니다.
이 꽃이 지고 나면 어떡하지?

꽃이 없을 때를 생각하는 것은 삭막할 것 같습니다
그런데 자연은 그 꽃이 진 자리에 새로운 꽃을 피워 내거나
또 다른 것들을 준비하고 있습니다.

미리 걱정하지 마십시오.
혹여 직장도, 일도, 인연이 다 된 것이 있다면 미련을 두지 말고 보내십시오.
그 꽃이 지고나면 또 다른 꽃이 나타나듯이
어쩌면 더 좋은 인연이 기다리고 있는지도 모릅니다.

나무 봄꽃 불

바위 틈의 나리꽃

누군가가 오겠다고 하면

누군가가 오신다고 하면
당연히 시간을 내어 만납니다.

먼 옛날부터 진행되어온 인연이 익어서, 때가 되어서
내게로 오는 것이기 때문입니다.

그래서 누군가가 만나러 온다면
조금 다른 일들이 있어도 미뤄놓고 만나야 합니다.

다시 그 인연과 해후하려면
몇 생 몇 겁을 기다려야 될지 모르기 때문입니다.

나무 인연도래자 불

보이십니까

아침 공양을 하고 서종로로 산책을 합니다.

지금 이 순간 만덕이는 저와 가까운 거리에서 간격을 유지합니다.
그렇지만 어느 순간 어디로 갈지 모릅니다.

산에 안개가 소리 없이 나타났습니다.
그리고 어느새 어디론가 사라집니다.

저 안개, 보이십니까?

보여도 꿈입니다.

나무 안개 불

오늘

내 인생에서 가장 행복한 날은 언제인가?
바로 오늘이다.
내 삶에서 절정의 날은 언제인가?
바로 오늘이다.
내 생애에서 가장 귀중한 날은 언제인가?
바로 오늘 '지금 여기'이다.
어제는 지나간 오늘이요. 내일은 다가오는 오늘이다.
그러므로 '오늘' 하루를 이 삶의 전부로 느끼며 살아야 한다.

– 『벽암록』에서

기대했던 날들도 다가와 보면 그날이 그날이지요.
내년을 기다리며 새로운 계획을 세우시지 않나요?
내년을 기대하기보다는 지금 바로 시작하시지요!

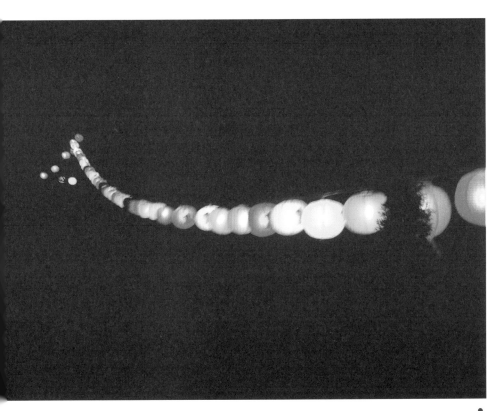

서종로를 밝히는 부처님오신날 연등

운수노상雲水路上 에서…

밤꽃 향기…

고요한 맑은 도량 근처에는 많지 않지만

조금만 밖으로 나가면 밤꽃 향기가 진하게 코를 스친다.

벌써 25여 년 전 해인사 겨울 안거 때

열반하신 종정스님 두 분이 같이 정진하여 주시던

신장경각 선원은 오직 일대사 큰일을 해결하겠다는

스님들의 뜨거운 열기가 선방을 달구고 있었다.

해인사 백련암 성철 큰스님께서 수시로 정진하는 선방에 포행 돌아 주시고

혜암 종정큰스님께서는 전당수좌스님, 지금의 종정큰스님께서는

후당수좌스님으로 젊은 수좌들과 같이 정진하셨다.

하루는 후당수좌스님께서 대중공양으로 밤꿀 열 말 정도를

선원에 들여 놓으셨다.

수좌들 공부하는데 먹고 힘내서 용맹정진하라고…

초참자인 난 어안이 벙벙했다.

그렇게 큰스님께서도 선방공양을 내시다니.

보살님들이나 불자님들만 내는 줄 알았는데 큰스님께서 내시니

먹기도 죄송스럽고 감사하고…

그후로 선원에서 정진할 때마다 나도 공양을 내는 것을 배웠다.

그때도 밤꿀 향기는 지금처럼 약간 머리가 아프고

그리고 맛은 씁쓸했다.

어쨌든 그해 겨울은 눈이 펄 펄 내릴 때건 삭풍이 때리건

50여 분의 수행자스님들의 용맹스러운 정진은 평생동안 가슴에 남아 있다.

요즘 밤꽃 향기가 진동을 한다.

그 진한 향기를 맡을 때마다,

그 씁쓸한 맛이 혀를 감돌 때마다

공덕 짓는 것에는 큰스님도 가난한 사람도 따로 없다.

음식이란 오직 수행 잘 하기 위해서 먹으며

늘 초심 시절을 생각한다.

나무 불

모르겠다

그저 넉넉합니다.
앞에도 옆에도 산 산…

산창 뜨락에는 꽃들이 피고
한가한 햇빛과 구름 그림자만 왔다 갔다…

연못엔 수련이 열심히 잎을 물 위로 띄우고
밭에는 상추가, 고추가, 오이가 자라고

해가 산 뒤에서 길게
지붕 그림자를 마당에 내려놓으면
산에서는 솔바람 잣 향기를 보내줍니다.

밤에는 별도 있고
달도 있고 밤 새 소리도 있습니다.

이밖에 무엇이 더 필요한지 아직 나는 모릅니다.
다시 생각해 봐도
그래도 모르겠습니다.

나무 넉넉 불

두릅나무

벌에 쏘이다

어제 오후 벌집이 있는 줄 모르고 풀 속을 헤치다가
팔목이 번쩍해서 보니 벌이 쏘고 날아갔습니다.

저녁에는 통통 부었지만 말벌이 아니라서 그나마 다행입니다.
기왕 쏘인 팔목 그것도 조아질라고 그런 것이라 여깁니다.

모르면 당하고 알면 대비를 할 수 있습니다.
인생길도.
죽음길도.

나무 삼라만상 불

조아질라고

많이 힘들 때
그럴 때는 이런 생각을 하십시오.

'조아질라고'
많이많이 '조아질라고'
내가 아직 잘 모르지만 뭔가 깊은 뜻이 있겠지
아마 '조아질라고' 그럴 거야.

나무 조아질라고 불

바쁘다 바빠

바쁘다…
누구에게서나 쉽게, 자주 들을 수 있는 말이지요.

저, 있지요, 넘 바빠요.
아! 눈 코 뜰 새가 없어요.

가만 생각해 보면 언제부턴가 우리 주위에서
"저 있지요, 요즘 아주 한가해요."
하는 이야기를 들어 본 기억이 별로 없습니다.
항상 바쁘다고만 합니다.

바쁘다는 그 말은,
저는 시간이 없어서 당신을 만날 수 없거든요,
그러니 그렇게 아시고 연락하지 마세요!
라는 뜻이 숨어 있습니다.

바쁘더라도 하루를 마감할 때, 한 번쯤이라도
모든 소리를 끄고 고요하게 생각해 보세요.
나는 어디에 앉아 있나? 어느 자리에…?

붓꽃 시절

노란 붓꽃이 먼저 피더니 보라 붓꽃도 핍니다.
원추리도 피고 있습니다.
아카시아는 벌들을 만난 뒤 하나 둘씩 지고 있습니다.

하루하루가 참으로 빨리 가고 있습니다.
불법문중에서는 이렇게 빨리 가는 세월을
무상살귀無常殺鬼라고 합니다.
사람을 잡아가는 무상살귀…

우리가 어떤 일에 기뻐하고 슬퍼하며 사는 동안
금방 세월이 가버려서 죽음이 임박해 집니다.

언제나 무상살귀가 큰 입을 벌리고
호시탐탐 노리고 있다는 것을 잊지 말아야겠습니다.

무상살귀는 잠시도 쉬지 않고 우리를 데려가고 있습니다.
지금도, 우리도 모르는 사이….

나무 무상 불

한 겨울엔 온통 찬바람에

모든 것이 꽁꽁 얼어 풀 한 포기도 없었는데

지금은 연둣빛 푸르름이 가득합니다.

모든 것은 변합니다.

혹 지금 힘드시더라도

때가 되면 지나간다는 것을 잊지 마시고

좋을 때를 준비하소서.

사랑하는 마음도

서종사 가는 길

풍경을 매다

일본 임제종의 다쿠안 선사(1573~1643)는 항상 마른 나뭇가지나
차가운 바위처럼 보였습니다. 한 젊은이가 짓궂은 생각이 들어
예쁜 창녀의 나체화를 선사 앞에 내놓으며 찬을 청하고 선사의 표정을
삐뚜름히 살피니 다쿠안 선사는 뺑긋뺑긋 웃으며 찬을 써 내려갔습니다.

나는 부처를 팔고
그대는 몸을 팔고
버들은 푸르고 꽃은 붉고
밤마다 물 위로 달이 지나가지만
마음 머무르지 않고 그림자 남기지 않는도다.

일요일이면 오후가 한가합니다.
마음잡고 독서삼매에 젖어있는데 봄바람이 어찌나 풍경을 괴롭히던지.
의자를 놓고 올라가 물고기를 쉬게 했습니다.
풍경이 무슨 탓이리오마는, 바람이 무슨 탓이리오마는,
그냥 쉬게 했습니다.

나무 풍경 불

뒷면도 보세요

어제 일주문에 안내표지판을 세웠습니다.
앞면은 안내 글, 뒷면엔 이렇게 적었습니다.

"자신을 낮추면 행복해집니다."
"고통의 원인은 집착. 집착을 놓으시지요."

기도하고 집으로 가시는 길, 마음도 더 낮추시고, 집착을 버리시라고…

그냥 무심하게 스치지 말고 항상 뒷면도 있다는 것을 생각하십시오.

물봉선이 많이 피고 있습니다.
보라색 달개비 꽃도 한창입니다.
꽃은 누가 보거나 말거나 그냥 담담하게 피어 있더군요.
낮추지 않아도 낮은 모습이며 집착 또한 없는 모습입니다.

나무 들꽃 불

사랑하는 마음도

"사랑하는 마음도 쌓아 두면 무겁다."

어디서 본 것입니다.
사랑도 쌓아두면 무겁다.
그렇지요, 뭐든지 쌓아두면 짐이 되지요.
사랑도 새롭게 태어나야 합니다.
만날 때마다 뭔가 새롭게 시작되어야 합니다.
신심, 믿는 마음도 새롭게 발전해야 합니다.
가만 있어서는 새로워질 수 없습니다.
명상으로 새로워져야 합니다.

나무 명상 불

두물머리

수행과 법회

법회를 열심히 하러 다닐 때의 이야기입니다.

직장인법회를 할 때 현실적으로 열심히 못 나오시는 분들이 많았지요.

요즘도 사정이 크게 다르진 않습니다.

법회는 법문을 하는 법사님이 누구든 항상, 정기적으로

꾸준히 참석을 해야 합니다.

쉬지 않고 정진할 때 수행의 힘은 깊어갑니다.

봄은 산과 들이 좋아서, 여름은 물가가 좋아서, 가을은 단풍을 찾아서,

겨울은 추워서…

이런 저런 일들에 미루면 어느 시절에 마음을 닦겠습니까?

곧 인생의 종점이 다가오는데 말이죠.

딸기

딸기가 익어갑니다.
길가 풀숲에는 뱀딸기도 익어갑니다.
딸기는 익기가 바쁘게 사람들이 따 먹습니다
뱀딸기는 아무도 따먹지 않습니다.
언제부터 누가 부르기 시작했는지
딸기가 뱀을 닮은 것도 아닌데
이름이 그러니 아예 관심조차 주지 않습니다.
누군가 따 먹어 본 분께서 먹어도 괜찮다고 했지만 그래도 안 따 먹습니다.

처음 이름을 지어주는 것
아주 중요합니다.

나무 처음 불

확고한 그림

자신의 미래에 대한 확고한 그림을 그리십시오.

펜으로든 상상으로든 수시로 확고한 그림을 그리십시오.

미래는 자기 자신이 만들어 갑니다.

나무 그림 불

서종사 마당에서 바라본 하늘

소식 小食

새 수첩을 만날 때마다 표지에 그 해의 주제를 써 놓습니다.
3년 전 수첩에는 묵언默言, 그 다음은 공여空如, 올해는 노盧 자를
써 두었습니다.

묵언은 말을 적게 하자, 적게가 아니라 꼭 필요한 말만 하자.
그런데 결과는 어림도 없어져 버렸습니다.

공여空如는 공과 같이, 진리와 같이, 허공처럼 살자는 의미의 말입니다.
스스로 생각해도 잘 실천한 것 같습니다.
집착도 많이 비우고 여러 가지 많이 비웠다고 생각이 드니…
하지만 이것은 어디까지나 제 생각입니다.

盧no

그러니까 거절도 좀 하자는 의미의 노입니다.

이런 저런 말들을 다 듣다 보면 너무 번거로워져서

이젠 거절도 좀 하자 거절을 쓰긴 뭐해서 한문으로 노 자를 쓴 것입니다.

그리고 수첩의 첫 장에 써 놓은 말이 '소식' 입니다.

소식小食

번뇌를 적게 먹고, 잠도 적게 먹고, 말도 적게 먹고...

제일 중요한 음식을 적게 먹기.

요즘 어쩐지 배가 자주 허기가 져서 많이 먹었더니

살이 찐 것 같은 느낌입니다.

반복해서 생각하고 다짐을 하다보면

조금씩 좋아져 있는 자신을 발견할 수 있습니다.

나무 소식 불

주방에 써 두고 싶었던 말…

어디나 사람이 모이는 곳에는 이야기가 있습니다.
그래서 진즉 주방에 써 놓고 싶은 글이 있었는데 어쩌다 못 써 버렸습니다.
취소할 수 없는 3가지…

1. 쏘아 놓은 화살
2. 흘러간 세월
3. 한번 해 버린 말

쏘아 놓은 화살은 한 번만 상처를 입히고
흘러간 세월은 모두에게 공평한 것인 데 비해
잘못된 이야기를 해서 들어 버리면
언제까지나 기억에 남아
볼 때마다 기억이 돌아올 때마다 괴롭힙니다.
고운 말들은 생각이 날 때마다
즐거운 미소를 머금게 합니다.

나무 고운 말씀 불

양말 검사

불자들이 산방에 들어오실 때
마루에서 양말을 신는 분들,
쭈뼛쭈뼛 들어오셔서 양말을 신지 않으셨다며 무언가로 발을 가리시는 분,
아예 못 들어오시는 분도 계십니다. 그때마다 번번이
"여기는 발 검사 하는 곳이 아닙니다."
"양말 안 신어도 전혀 문제가 없습니다."
"저도 양말 안 신었는데요."

절이란 양말을 신었느냐 신지 않았느냐, 또는 옷을 어떻게 입었느냐,
예절은 어떠냐 하는 것들을 다루는 장소가 아닙니다.
옷을 어떻게 입었건, 양말을 신지 않았건 상관없이
마음을 어떻게 가지느냐를 생각하고,
마음 잘 챙기는 공부를 하는 곳입니다.
마음을 어떻게 가지고 보느냐에 따라
세상 만물이 달리 보이기 때문입니다.
차림새는 크게 문제가 되지 않습니다.
마음만 잘 챙겨서 오시옵소서.

나무 맨발 불

새벽 동이 틀 무렵의 화야산

새롭게, 항상 새롭게

오겠다던 분이 오지 않아서 오전 기도를 낭랑하게 하고
부담 없이 나서려는데 또 다른 방문객이 올라왔습니다.
몇 년 만에 청년 불자가 장인 장모님 모시고 아이들이랑 같이 왔는데
처음에는 까막까막하다가 겨우 이름이 생각나서 어찌나 다행스럽던지…
반갑게 환영하고 싸온 김밥에 텃밭 고추를 따서 같이 나누어 먹고는
그분들께 양해를 구하고, 약속된 의정부 지장사 행을 서둘렀습니다.
길치인지라 평소 네비게이션의 도움을 받습니다.
지장사 스님께 전화로 여쭈어 주소를 찍고 출발했습니다.
그런데, 잘 가다가 새로 난 큰 길에 '의정부'라고 쓰였는데도
네비는 전혀 인식을 못하고 U턴을 하라는 둥 계속 엉뚱한 소리만
반복했습니다.
도대체 대책이 없더군요.
새로 난 길을 모르면 가만히 있든지 할 것이지, 계속 딴소리만 하니,
혹 내가 그러지는 않는지 서늘한 느낌마저 들었습니다.
나온 지 얼마 되지도 않은 기계도 계속, 자주, 업데이트해야 하는데
그 기계를 사용하는 사람이야 말해 무엇 하겠습니까?

나무 업 네비게이션 불

행복이 번지게

최근에 누가 그랬습니다.
저의 다리에 염증 났던 부위가 회복되고 나서도 본래 피부색이
안 돌아온 것을 보고 앞으로 똑같은 피부색으로 돌아오는 데는
몇 년은 더 걸릴 것이라고. 얼른 그분께 그랬습니다.

그렇지 않을 수도 있다고. 설혹 과학적 통계적으로 그러하더라도
몇 년씩이나 그럴 것이라고 단정지어 생각진 않을 거라고.
아마 더 빨리 원래대로 될 수도 있다고.

무심코 던진 돌멩이에 개구리가 다친다고 합니다.
쉽게 하는 말 한마디에 환자의 고뇌와 고통은 더 심해질 수도 있습니다.

완치 15일쯤 지나자 피부색도 많이 좋아져 크게 신경 쓰이는
수준은 아닙니다. 그분의 말을 떠올리며 생각했습니다.
나는 다른 이들께 행복과 미소를 주는 좋은 말 하는 사람이 되어야겠다고.
말을 함에, 행동을 함에, 행복한 일들이 번지게 하는 사람이고 싶다는 생각을
더욱 확고히 가졌습니다.

나무 광명미소 불

솎아내고 난 후

과실나무는 가지치기를 해 주어야 한다고 들었습니다.
열매 또한 솎아주어야 한다고 합니다.
작년에 처음으로 열렸는데, 참 맛있는 복숭아였습니다.
겨우내 찻물도 나무 아래 따르고, 만덕이 똥도 한 덩어리씩
땅속에 넣어 주었더니 올해는 복숭아가 아주 많이 열렸습니다.
어디서 들었는데, 처음에 많이 따서 버리면 해 갈이를 안 한다는
이야기가 있어서 솎아 주었습니다.
아깝지만 가지에 서너 개씩만 남기고 다 따서 버렸습니다.
그 후, 남아 있는 복숭아가 몰라보게 커 있었습니다.
"와!"

마음속에 잡다한 생각도 솎아 내야겠습니다.
그럼 좋은 생각이 많이 커지겠지요.

나무 복숭아 불

바보 이야기

옛날 어느 마을에 바보가 살았답니다.

이 바보가 시장에 가서 떡을 사먹어야겠는데 어느 떡이 맛있는지를 몰라서
고민을 하다가 하나씩 다 먹어보고 사기로 하였답니다.

처음 빨간색 떡은 맛은 있는데 배가 전혀 부르지 않고,

두 번째 노란색 떡은 맛은 첫 번째보다 덜하지만 그런 대로 괜찮은데
배가 안 부르고,

세 번째 주황색 떡은 맛도 그저 그렇고 배도 그저 그렇고,

네 번째 파란색 떡은 맛은 없는데 배는 조금 부르고,

다섯 번째 보라색 떡은 배는 아주 부른데 맛이 전혀 없었습니다.

그래서 바보는 스스로 생각하기를 첫 번째 떡과 마지막 떡만 사먹을 걸…

어느 날 요즈음의 바보가 여러분들과 같이 중국음식을 먹은 날이었습니다.

그는 항상 중국집에 가면 갈등을 한답니다.

자장면을 주문하면 바로 짬뽕이 너무 먹고 싶고,

짬뽕을 주문하고 나면 우동도 생각나고.

그래서 그날은 자장면과 짬뽕을 함께 주문하였답니다.
그런데 그 집은 한 그릇의 양이 얼마나 많은지! 아차!
자장면을 먹고 배가 부른 바보는 짬뽕도 겨우겨우 꾸역꾸역 먹고 나서는
'이 집의 짬뽕은 맛이 별로군요!' 하였답니다.

일행 가운데 지혜로운 한 분이, '있잖아요.' 하면서
그 바보의 떡 이야기를 시작하였는데,
처음에는 뜬금없이 웬 바보 이야기? 하고
갸우뚱하다가 어! 어! 나중에야 상황을 파악하고는
요즘의 바보는 죽을 듯이 웃었대요, 글쎄!!!⌒

나무 불자佛子 불

물봉선 축제

서종로 올라오는 길에 물봉선이 한창입니다.
오늘 아침 그 길을 걸으면서 벌써 물봉선 축제구나 생각했답니다.
이 축제가 지나가면 들국화가 또 축제를 벌이겠지요.
서종로는 봄부터 늦가을까지, 그들의 축제가 계속됩니다.
누가 보아주건 안 보아주건 꽃들은 피고 또 집니다.

밤에 불을 끄니 산방 앞마루가 환했습니다.
며칠 전에는 남쪽 방향에서 달이 떴는데 어제는 정동쪽에서 떠올랐지요.
며칠 사이에 방향이 그렇게 많이 바뀌어 있습니다.
마루까지 내려온 달빛을 보면서 마당에 나갔지만 쌀쌀하여 추웠습니다.
벌써 춥다 그럽니다.
참 빠릅니다.
누가 그랬다대요!
문구멍으로 내다보니 백마가 달려가는 모습처럼
인생이 빨리 지나간다고요.

나무 물봉선 불

물봉선

인사

공양시간을 늦춘 뒤로부터 아침이 훨씬 여유롭습니다.
혼자만의 고요를 즐길 수 있어 좋구요.
오늘도 서종로로 내려가 봅니다. 아침 인사를 하고 싶어서지요.
일 년 내내 기다리다 환하게 활짝 피어 있는 꽃님들과 만나
일일이 반갑게 인사를 합니다.
굳이 '안녕하세요' 하지 않아도 됩니다.
환한 미소로, 눈빛으로, 마음으로 마주하면 됩니다.
그 길에는 익으면 까만 열매가 되는 산초와
보라색 노란색 꽃들도 같이 더불어 미소를 보입니다.
말로 하지 않아도, 고개를 숙여 인사하지 않아도,
환한 마음으로, 스치는 옷깃으로 만나면 됩니다.

나무 인사 불

고소 꽃

스님들이 좋아하는 음식 중에 '고소' 라는 나물이 있습니다.
그 나물의 향기는 아주 독특합니다.
어떤 분들은 빈대 냄새라고도 하고,
그냥 무심코 쌈 싸 드시다 그 짙은 향 때문에
못 드시는 분들도 계시긴 하지만 대부분 좋아하십니다.

그 고소 나물이 활짝 꽃을 피웠습니다.
그 묘한 향기와 특별한 맛을 생각하면 그 꽃이 더욱 예뻐 보입니다.

님의 모습과 향기는 다른 이에게 어떻게 보이시는지요?

나무 고소 불

산 친구들

산에 살면 도반이 여럿 있습니다.
이 도반들은 서두르지도 않고
금방 변덕을 부리지도 않습니다.

칭찬에도 여여하고,
허물을 말해 보지는 않았지만
아마 허물에도 여여할 것입니다.

늘 곁에 있지만 가끔
보이지 않을 때도 있습니다.
서로 약속을 한 적도 없지만
그렇다고 약속을 지키지 않는 것도
아닙니다.

고요한 밤에 달과 별이
늘 변함이 없는 산이
아무 때나 찾아오는 바람이
그리고 항상 그 자리에서 맞아주는
고요가 그러합니다.

나무 도반 불

상추쌈

상추쌈을 먹을 때마다 가끔 생각이 나 미소를 짓곤 하는 기억이 있습니다.
해인사에서 살 때의 이야기입니다.

큰방에서는 연로하신 방장스님부터 강원의 젊은 학인스님들까지
죽 둘러앉아 같이 공양을 합니다.
처음에는 많이 어렵고 힘든 자리지요.
그래서 '하판' 이라고 하는 젊은 스님들 자리에서는 음식이 아주 빨리,
들어갔는가 하면 씹히는지도 모르고 목구멍에
넘기고 바로 다음 일 준비를 해야 하지요.
그런 '하판' 에는 상추를 놓지 않았습니다.
왜 놓지 않았느냐?
상추쌈을 먹으면서 입을 크게 벌리면 눈을 부라리게 되어 자기도 모르게
어간의 큰스님들께 무례한 행동을 보여 복을 감하게 될까봐서.
그리고 그렇지 않아도 새벽에 일어나 잠이 부족한 젊은 스님들,
상추 먹고 졸음이 올까 하여서랍니다…^^

절집의 세월.
말 없는 가운데 일거수 일투족이 다 도의 행입니다.

나무 불

인연이 있어서 온 것인데

서종사 한 켠에 채소밭이 있습니다.
꽁꽁 얼어붙는 겨울만 빼고 항상 무언가를 심고 가꾸고 거두어 먹습니다.
농약을 치지 않기 때문에 벌레를 손으로 일일이 잡아내곤 합니다.
오늘 아침도 해우소를 가다 보니 무밭에 초록색 벌레가 보였습니다.
집게로 한 마리를 집어서 풀밭으로 옮기다가 생각해 보니
이 벌레에게는 무 잎이 제 집이고 제 식량일 텐데
다른 곳으로 옮겨서 될 일이 아니다 싶었습니다.
수없는 난관을 지나서 지금까지 왔을 텐데…
그래서 다시 그 잎에 올려 둡니다.
잔뜩 웅크린 모습이
'죽었구나!' 했다가 놀라서인지 가만히 있습니다.

사람이나 벌레나 생과 사는 한 순간에 있습니다.

나무 벌레 불

아꼈다가

봄부터 서종로를 오르내리면서 그 더덕을 발견했습니다.
용하게도 길옆에 잘 있어서 산책 때마다 보고 또 보곤 했었지요.
은사스님을 모시고 산책할 때도 그 곳에 더덕이 있다고 자랑까지 하였습니다.
그런데!
어제 산책하다 보니
그 부분의 땅이 파헤쳐진 것입니다.
가을까지, 꽃 피고 씨 떨어질 때까지 기다리려 한 바람은
꿈같은 일이 되어버렸습니다.
그 더덕은 진작 나와 하나 되고 싶었을지도 모르는데
아끼다가 다른 이와 인연이 된 것입니다.
그분과의 인연이 잘 된 것이기도 하겠지만

어떤 부분에서는 아끼면 안 될 때가 있습니다. ^^*

나무 더덕 불

우리의 도적

시골 5일장에서 어떤 물건을 샀습니다.
그 때는 필요할 것 같아서 샀는데도 무용지물이 되었습니다.
살다보면 꼭 필요한 것만 사게 되는 것이 아닙니다.
어쩌면 필요한 것보다 불필요한 것을 더 많이 사는지도 모릅니다.

어릴 때부터 귀가 얇어서 남의 말을 잘 믿습니다.
옳게 생각되면 즉시 찬성을 합니다.
생각해 보면 귀만 얇은 게 아니라
눈도 문제가 있는 것 같습니다.

하기야 우리가 믿는 눈·귀·코·혀·몸·의식을 일러
여섯 도적이라 하지 않습니까?

이 여섯 도적을 정말 잘 관리해야 할 듯 합니다. ^^

이에는 이?

까치는 새끼를 기르는지 쉼 없이 무엇인가를 물고 들락날락합니다.

때로는 만덕이의 밥도 가져갑니다.

처음 한두 번은 개들이 왕! 짖기도 하지만

약아빠진 까치를 당할 수 없나 봅니다.

개의 사정거리 밖에 있다가 슬며시 가져가니 이젠 개들도 포기한 분위기입니다.

까치가 지금도 반가운 길조라고요?

어제 오신 분은 아파트에서 듣는 까치 소리는 소음이라고 하셨습니다.

"까치의 소리는 노래도 아니요, 울음도 아닙니다.

장작 패는 소리처럼 짝짝거리는 것이 시끄러운 소음 수준입니다."

라는 그분의 말에 공감합니다.

요즘 다시 까치에게 신경을 쓰는 것은

차량마다 배설물을 덕지덕지 붙여 놓았기 때문입니다.

유독 뒷거울(백미러)에 올라앉아서 그렇게 많이씩 싸놓는데,

참으로 난감합니다.

어제는 성관이와 같이 연구를 하였지요.

어떤 분은 차 뒷거울에 비닐을 씌워 놓는다지만 그 방법은

번거로울 것 같았습니다.

'뒷거울에 가시 같은 것을 설치하여 혼줄을 내줄까?'

하는 생각도 들었습니다.

"성관아, 너 있지, 내일 네 똥을 한 덩어리 까치집에 넣어 놓을래?"

"왜요?"

"그래야 까치가 아하! 하고 반성을 안 하겠어?

그러니까 이에는 이, 눈에는 눈인 거야."

그러고는 난 마치 무슨 대단한 아이디어를 생각해 낸 것처럼

얼굴 가득 웃음을 띠면서 골탕 먹을 까치를 생각하니

그동안 쌓인 감정이 다 풀리는 듯했습니다.

성관이는 기가 막히는지,

"스님, 까치가 그런 줄 알까요? 그래도 스님이신데… 그래도 그렇지요….

"그렇긴 한데 그럼 왜 그렇게 만날 차에다 일을 보냐고? 벌써 몇 년째인지

모른다!" 그렇게 말은 했지만 성관이가 똥을 가져다 넣을 사람도 아니고,

내가 하기에도 좀 그렇고…

역시 다른 분들처럼 비닐이라도 씌워놓아야 할 것 같습니다.

사람들은 늘 '스님이신데' 이럽니다.

스님도 사람인데… .^^

나무 까치 불

옷

도를 이루신 스님들은 한결같이 이 육신을 옷으로 비유했습니다.
옷이란 떨어지면 버리고 새 옷으로 갈아입는,
몸을 보호하는 그런 역할을 하지요.
이 육신, 무시하기도 어렵고 대접하자니 끝이 없습니다.

요즘은 손톱을 단장하고, 발톱, 발바닥까지 관리해 주는 곳이
많다고 들었습니다.
그뿐만 아니라 머리카락, 안마, 전신 마사지, 사우나, 한증막 등등.
하루 종일 그런다는군요.
이 육신은 얼마 안 있으면 허물어지는 믿지 못할 것인데
그렇게 천금 같은 시간을 다 보내다니.
물론 육신도 관리를 못하면서 마음관리를 어떻게 하겠냐고
말할 수도 있을 것입니다.
세월이 갈수록 이 육신은 헐어가고 닳아갑니다.
우리 육신의 집착에 대해서 한번쯤 더 생각을 해보지요.
마침내는 썩어질 육신보다 영원할 마음을 단장하고 돌봐야 하지
않을는지요?

나무 불

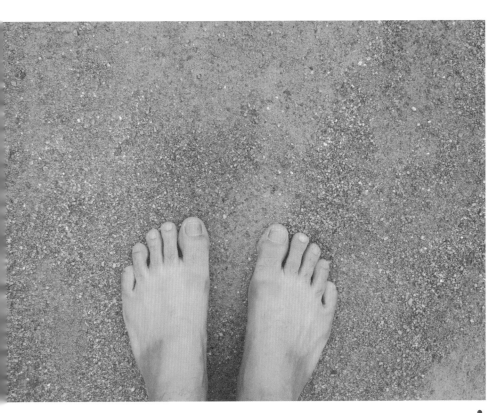

평생 동안 함께 걸어온 두 발

틈만 있으면 타성에 젖어
자신의 위치를 잊어버리는 나를 찾아보려 합니다.
나는 누구이고 어디에 서 있는가를…

새총

어느 날 같이 사는 스님께 새총 하나 만들어 주십사 말씀드렸습니다.

스님은 빙그레 웃으시면서 확답을 하지 않으셨지요.

그러면 가능성이 없습니다.

그래서 아는 거사님에게 문방구에서 하나 사 달라고 했습니다.

법회 날 오셔서 뭘 내주시면서 말씀하십니다.

"스님, 그것인데요."

"뭐요?"

"그거요."

나름대로 사람들이 눈치 채지 못하게 주려고 하셨으나

눈치 없고 무심(?)으로 사는 저는 별 생각 없이

계속 물어보면서 그 거사님이 슬며시 건네주는 것을 들어보니

이상한 철사고무줄이었습니다.

그것은 새총이라는 이름의 물건인데,

에게! 새들의 비웃음을 사기에 충분한 물건이었지요.

같이 마당에 계시던 분들이 '그것'을 보고 왜 그게 필요하냐고 물었습니다.

난 당당히,

"저 까치한테 쏘아서 쫓으려고요!"

마침 그 까치들은 만덕이 집 위에 자기 집인 양 태평스레 앉아있었습니다.

"맞아서 죽으면요?"

"절대 안 죽을 거예요, 지가 열심히 도망 다니겠지요!"

"왜 까치를 미워하시는데요?"

"아니, 저것이 글쎄 유리창이라는 유리창은 다 쪼며 다니고,

자동차 후미등 위에 앉아서 만날 찍어대니 거울이 깨질 우려가 있고,

매번 차에다 똥을, 그것도 꼭 물똥을 찍 흘려 놓아서 지저분하게 하고,

바깥 선반에 놓아 둔 라면박스를 쪼아 라면도 꺼내먹고,

만덕이와 법통이 밥도 허구헌 날 훔쳐 먹고…

그 죄상을 다 늘어놓자면 한도 끝도 없어요."

저도 절에 살면서 기본양심은 있어야지

유리창도 한 일 년 찍었으면 그만 찍어야지

창문을 열고서 들어오라고 해도 오지도 않고.

그리고 개심犬心 넉넉한 만덕이 먹이를 뺏어 먹기만 하는 등

미운 짓만 골라 하는 겁니다.

또 눈치는 얼마나 빠른지 돌을 주워들기가 무섭게 파다닥 날아서

가버리는데 어떻게 해 볼 수가 없었습니다.

그래서 급기야는 고무줄 새총까지 준비하게 된 것입니다.

그날 이후 가끔 생각이 났습니다.

그래 내가 잊은 것이야.

이번 보름 방생은 산 친구들에게 먹이를 준비한다면서

같이 사는 까치 꼴도 못 보다니.

그래도 명색이 스님인데 어찌 까치와 싸우냐?

미움도 버리고 사랑도 버리라는 말씀도 있는데…

혼자 반성을 많이 했습니다.

책상 앞에 그 고무줄 새총이 걸려 있습니다.

한 번도 사용해보지 않은 장난감 새총.

틈만 있으면 타성에 젖어 자신의 위치를 잊어버리는 나를 찾아보려 합니다.

나는 누구이고 어디에 서 있는가를….

나무 새총 불

오지도 않은 내일의 일을 미리 걱정하지 마세요.

걱정하면 걱정한 대로 진짜 그렇게 되어 버립니다.

아니 밝은 기분 좋은 일을 생각하십시오.

분명 밝아질 좋은 일이 생길 것입니다.

스스로를 믿으면서…

적휴지 계곡

2004년 4월 11일

어제 밤에 잘 때 생각했답니다.
지금까지 성지순례 행사 때 한 번도 늦은 적이 없었는데
내가 늦으면 어떻게 될까?
늦게 도착하면 얼마나 창피할까?
한 번도 그런 적은 없었지만 그러면 진짜……

그러면서 잠을 잤고 새벽에 잘 일어났습니다.
그리고 여유가 있어서 조금만 쉬자 그랬는데
정신 차리니 6시.
오전 6시…
……

7시에 종합운동장에서 정시 출발하는데
주섬주섬 그냥 손가방 하나만 들고
차 시동 걸어서
밟을 수 있는 한 밟았습니다.
양수리까지 20분
하남까지 30분
암사동까지 40분
종합운동장까지 50분
차에서 고무 타는 냄새가 났습니다.

성지순례버스 차 안에서 말씀 드리기를
오지도 않은 내일의 일을 미리 걱정하지 마세요.
걱정하면 걱정한 대로 진짜 그렇게 되어 버립니다.
아니 밝은, 기분 좋은 일을 생각하십시오.
분명 밝아질 좋은 일이 생길 것입니다.
스스로를 믿으면서….

나무 불

공여지

공여지空如池.

서종사 입구의 조그만 연못 이름입니다.

공空.

반야심경에서 특별히 강조하는 부처님의 말씀입니다.

우린 공 속에서 살고 있는 색[물질]이기도 하고,

색 속에 존재하는 공이기도 합니다.

연못은 늘 변하고 있습니다.

여름은 여름대로 겨울은 겨울대로, 얼음이 얼면 그 얼음도

매일 매일 변합니다.

구름이 지나가는 하늘, 나뭇잎을 다 보내고 홀가분하게 서있는

산 능선의 나무들…

눈앞에 보이는 그 모습들이 연못에 그대로 비춰진 모습을 보면서,

어느 화가의 그림을 보는 듯해서 절로 와! 하는 탄성이 나올 때가 많습니다.

공여지는 늘 같은 모습이면서 언제나 다른 모습으로 다가오기도 합니다.

그 공여지에 처음엔 물이 별로 없었지요.
허나 해가 가면 갈수록 물이 많아져 요즘은
일 년 내내 물이 마르지 않습니다.
이번 비로 공여지에 모래와 돌멩이들로 조금 메워졌습니다.
비워 놓아도 금방 뭔가가 차 버리는 것,
또 비워야 한다는 것을 보여 주는 곳입니다.

공여지를 지나간 물은 낮은 곳으로 길을 찾아가되
무거운 짐은 덜어 놓고 가는군요.
멀리 멀리 여행을 하려면
짐을 가볍게 해야 수월하게 떠날 수 있는가 봅니다.

나무 공여지 불

대단한 일

몇 년 전쯤에 산에서 사는 산나리가 예뻐서 도량에 캐다 심었습니다.
흙이 척박했던지 지금까지 꽃다운 꽃을 못 피우고 있습니다.
수국도 구해 몇 뿌리 심었지만 지금까지 몇 년째 꽃을 피우지 못 합니다.
재작년엔 양수리에서 감나무를 사다 심었는데 겨울이 지나도
새싹이 나오지 않았습니다.
새로운 곳에 뿌리를 내리고 꽃을 피우는 것은
참으로 대단한 일이라는 생각입니다.
더 많이 인내하며 기다려 보아야 될 듯합니다.

나무 인욕 불

화아산 중턱에 핀 산나리꽃

오지도 않은 내일의 일을 미리 걱정하지 마세요.

걱정하면 걱정한 대로
진짜 그렇게 되어버립니다.
아니, 밝은 기분 좋은 일을 생각하십시오.

분명 밝아질 좋은 일이 생길 것입니다.

스스로를 믿으면서…

통과 통과

서종사
초
아
짐
라
고

가을의 서종사 길

무엇이 지나가길래

나뭇잎이 뒷모습을 보여줍니다.
코스모스도 고개를 숙인 채 몸을 내맡깁니다.
새로 심은 밤나무, 키가 큰 낙엽소나무, 가랑나무…
작은 풀까지도 몸을 내맡깁니다.

그 사이로 안개가 지나갑니다.
침묵이 흐릅니다.

무엇이 지나가기에
저처럼 편안하게 몸을 내맡겼을까?

안개
바람
세월….

나무 세월 불

들꽃을 보려면

맑은 도랑으로 올라오는 서종로에는
꽃과 풀들이 지나가는 이들에게 얼굴을 내밀면서 인사를 합니다.
산에 살면서 알게 된 것은 꽃들도 길 옆에나 집 주변에 많이 피며,
나비나 작은 곤충들도 사람 사는 주변에 모여서 산다는 것,
모두들 함께 더불어 삶을 배웠습니다.

길가에 잡초가 너무 많다고 좀 베어야 하지 않느냐는 말을 들었습니다.
허나 가을이 지날 때까지 베지 못 할 것 같습니다.
그 길 옆엔 물봉선도 있고, 연보라색 쑥부쟁이와 하얀 구절초도 있으며,
곧 피려고 준비하는 들풀들이 많기 때문이지요.
늦가을까지 갖가지 꽃이 피고 지고 할 텐데
예초기로 깨끗하게 청소해버린다면 더 이상 들꽃을 볼 수 없잖아요.

가을입니다.
어떤 환경이 나와 맞지 않아도 나름대로 이유가 있을 것입니다.
더불어 사는 세상, 양보하고 조금은 보아 주기도 하면서 살아갔으면 합니다.

나무 들꽃 불

달이 아까워

마당에 내려온 달빛이 마냥 좋아
이웃 절 도반님께 전화를 했지요.
오늘처럼 달이 좋은데
그냥 자면 죄짓는 일이라고.
오시라고.

달빛은 방안에 가득하고
산방의 한담도 비어지고
찻잔도 놓아질 때쯤

색색의 코스모스 꽃
달빛을 받아 모두 하얀색이라
분별심을 놓게 하는저.

나무 달빛 불

마음이란

마음은 환상과 같아 허망한 분별에 의해 여러 가지 형태로 나타난다.

마음은 바람과 같아 붙잡을 수도 없으며 모양도 보이지 않는다.

마음은 흐르는 강물과 같아 멈추지 않고 거품은 이내 사라진다.

마음은 불꽃과 같아 인(因, 직접 원인)과 연(緣, 간접 원인)에 닿으면 타오른다.

마음은 번개와 같아 잠시도 머무르지 않고 순간에 소멸한다.

마음은 허공과 같아 뜻밖의 연기로 더럽혀진다.

마음은 원숭이와 같아 잠시도 그대로 있지 못하고 시시각각 움직인다.

마음은 그림 그리는 사람과 같아 온갖 모양을 나타낸다.

－『보적경』에서

●
마음이 만물의 주인이고
마음으로 무엇이든 이룰 수도, 못 이룰 수도 있습니다.
늘 마음의 움직임을 관하면서 관리해야겠습니다.

비 오는 날

일 년 전과 지금
변하지 않은 것 같지만
아이가 자라난 것만큼 변했을 것입니다.

욕심도 커져가고 이상도 높아진 것 같습니다.

밤부터 빗소리를 들었습니다.
아침까지 비가 곱게 내리고 있습니다.
비는 높은 곳에서 내려 와 모든 만물과 하나 됩니다.
저 비를, 그냥 바라보는 것이 아닌
낮추는, 버리는 법문으로 바라봅니다.
비 오는 날은 법문을 듣는 날입니다.

나무 비님 불

달빛은 방안에 가득하고...

산방의 한담도 비어지고...

찻잔도 놓아질 때쯤

색색의 코스모스 꽃...

달빛을 받아 모두 하얀색이라...

분별심을 놓게 하는저...

포기하지 않는다면

어떤 사람이 구슬을 가지고 바다를 건너다가 그 구슬을 빠뜨렸다.
그러자 그는 바가지로 물을 떠 언덕 위에 버렸다.
그때에 바다의 신이 말했다.
"너는 어느 때나 이 물을 다 떠 버리겠느냐?"
"이 목숨이 끝나고 또 태어나더라고 중단하지 않겠습니다."
바다의 신이 그 뜻이 확고함을 알고 구슬을 내주어서 보냈다.
– 『삼매경』에서

포기하지만 않는다면
중단하지만 않는다면
언젠가 반드시
꿈은 이루어집니다.

나무 불

틈이 생기면

공부나 기도에 열심이면 남의 허물이 보이지 않습니다.
남의 허물이 눈에 들어오기 시작하면
이미 마장이 들어 온 것이지요.
내 허물은 하늘만큼 가득합니다.

과거는

과거에 게을렀어도 이제는 게으르지 않는 사람,
그는 마치 구름을 뚫고 나온 달처럼 세상을 비출 것입니다.
일찍이 자신이 지은 악업을 선업으로 덮은 사람,
그는 마치 구름 사이를 뚫고 나온 달처럼 세상을 비출 것입니다.

다시 새겨보는 말씀

이 몸은 물거품과 같아 오래 지탱하지 못한다.

이 몸은 불꽃과 같아 끝없이 욕망을 일으킨다.

이 몸은 파초와 같아 견고하지 못하다.

이 몸은 꿈과 같아 헛된 것을 생각한다.

이 몸은 그림자와 같아 업을 따라다닌다.

이 몸은 메아리와 같아 인연을 따라다닌다.

이 몸은 뜬구름과 같아 금방 없어진다.

이 몸은 번개와 같아 잠시도 머물러 있지 않는다.

정성으로

옛날 어머님들의 불공은 지금과는 달랐습니다.
절에 가져가는 공양미는 아무리 무거워도 도중에 내려놓지 않았습니다.
절에 가는 날도 매월 초하루나 정초, 사월 초파일,
칠월 칠석, 백중, 동지… 정도였지요.
밥을 지을 때마다 쌀을 한 숟갈씩 덜어내 좀도리 병에 모으는 것으로
불공은 시작되었습니다.
쌀이 귀했던 그때엔 한 되를 한꺼번에 덜어 낼 수도 없었겠지만,
매일 매일 쌀 한 숟가락에 가족의 안녕을 축원하면서
청정한 마음으로 준비하였던 것입니다.
또한 절에 기도드리러 가기 여러 날 전부터 음식도 깨끗한 것으로 들고,
육식을 금함은 물론 짐승을 죽이는 것은 구경도 하지 않으며,
사람들과의 시비도 삼가고 목욕재계를 하는 등
몸과 마음을 모두 청정하고 정성스럽게 하였습니다.

아무리 세월이 변해도 변해야 될 것과 변하지 않는 것이 있다면
모든 일을 접하는 마음에 정성스러움이 으뜸이라는 생각이 듭니다.

나무 기도 불

나무 타고 올라가는 넝쿨

「초발심자경문」에,
"소나무밭의 칡넝쿨은 높이 올라가고
잔디밭의 넝쿨은 세 자를 넘지 못한다."는 말이 있습니다.

칡넝쿨도 누구와 인연이 되느냐에 따라
높이 성장하여 좋은 꽃도 많이 피우고 잘 자랄 수도 있고,
그렇지 않으면 크지도, 좋은 꽃도 피우지 못할 수도 있습니다.

하물며 사람이랴.

나무 좋은인연 불

욕심이 많아지면

문득 돌이켜 보면
어느새 욕심이 많아진 나를 발견합니다.

언젠가는 낙엽처럼
다 버리고 가야 한다고 생각하고 살면서도
며칠만 지나면 다시 욕심이 차고 있습니다.

수시로,
아니 매 순간 돌이켜 보아야 합니다.
그러면서 자꾸 비워내야 합니다.
특히 이 가을엔요….

나무 낙엽 불

적휴지 계곡에 내려온 가을의 전령들

작은 일부터

아침 여섯 시면 동석이가 일어나야 할 시간입니다.
동석이를 불러서 마당에서 맨손체조를 합니다.
동석이는 어색하게 따라합니다.
하지만 날이 가면 잘 할 것이라고 믿습니다.
맨손체조만 아침저녁으로 해도 군살이 빠진다고 합니다.
또한 가장 가볍게 어디서나 할 수 있는 최고의 운동입니다.

맨손체조를 끝내면 동석이와 법당에 가서 108배를 합니다.
그저께는 54배를 했습니다.
처음 절하는 동석이가 무리하지 않도록 하는 것이지요.
동석이, 처음에는 잘 따라하다가 억지로 하는 모습이 역력합니다.

절이 끝나고 앉아서 대화합니다.

"108배를 하는 데 걸리는 시간 길어도 20여 분이다.

조금 힘들더라도 제대로 해야 한다.

이 세상은 언제나 늘 혼자 살아가야 하는데

20여 분도 힘들다고 약하게 행동하면 어찌 되겠느냐.

그러니 일이든, 공부든, 절이든 조금 힘들다고 느슨해져서는 안 된다.

그런 습관이 든다면 모든 일에 느슨해져서

성공도 알찬 삶도 기대할 수가 없단다.

순간순간 최선을 다하자…."

동석이가 집으로 돌아갈 때 쯤에는 108배도 청소도 곧잘 했습니다.

●

동석이는 방학 때 절에 공부하려고 잠시 온 고등학생이었습니다.

알면서도

지혜 있는 사람의 행동은 쌀로 밥을 짓고

지혜 없는 사람의 행동은 어리석게도 모래로 밥을 지으려 한다.

누구나 배고프면 먹을 줄 알면서도

배워서 어리석은 마음을 바로 잡을 줄은 모른다.

그러므로 행동과 지혜는

수레의 두 바퀴와 같고 새의 두 날개와 같다.

— 원효 대사 '발심수행장'에서

●

다 알고 있습니다.

그러나 세상사 이런 저런 일로 미루고 미루다

세월 다 가버립니다.

눈이 어두워지고, 사대육신이 힘들 때는 이미 늦을 수도 있습니다.

통과, 통과

자주 뵙는 스님들이 몇 분 계십니다.

사형사제 스님들과 도반 스님들…

어제 저녁 공양도 도반 스님 절에서 같이 하고, 같이 자고,

같이 아침을 맞았습니다.

스님들과 만나면 참 좋습니다.

첫째, 잘 삐치지 않습니다.

그 이유는 이해하는 폭이 넓어서일 것입니다.

다음은 뭐든 뒷말이 안 나옵니다.

우리 스님네들은 그때 그 순간에 최선을 다하려 합니다.

지난 일은 꿈 같아서, 그저 전생의 한 장면이겠거니 해서

지나간 일에 대해서는 다시 논하지 않는 경우가 많습니다.

스님도 사람인데 좋은 일 나쁜 일이 왜 없겠습니까?

또한 말이나 행동의 실수가 왜 없겠습니까?

그러나 뭐든 잘 통과를 시키면 됩니다.

통과가 잘 안 되면 막히고, 어디서든, 무엇이든 막히면 병이 됩니다.

그러니 통과, 통과를 잘 시켜야 합니다.

살아가자면 많은 일들과 만남이 진행될 것입니다.

어지간하면 잘 통과시키시옵소서.

나무 통과 잘하면 불

사바의 주막에서

하늘로 산으로
온통 환희와 회한의 순간들이
연속되고 있습니다.

황금색으로 빛나던
나뭇잎들
바람이 불 때마다
새가 지나가는 길마다
하늘로 허공으로
솟아오르고 있습니다.

황금송이
눈부시게 빛나는
오늘 아침
나는
사바의 어느 주막에서
쉬고 있는가?

나무 무상 불

먼동이 터 오는 화야산

마음이여

마음
마음
마음이여,
알 수 없구나.
너그러울 때에는 온 세상을 다 받아들이다가도
한번 옹졸해지면 바늘 하나 꽂을 자리 없으니·
－가슴을 적시는 부처님의 말씀 중에서

'마음' 정신 차리고 관리를 잘 해야 할 대상입니다.

나무 心知人 불

오바!!!

"화야산의 축생들이여!
이름 모를 많은 생명들이여!
이제는 편안히 다녀라.
해탈이와 만덕이, 법통이는 아침저녁 포행(산책)할 때만 풀어서
같이 다니고, 다른 때는 집에 가만히 있을 테니 이제부터 편안히
전처럼 다니기 바란다. 오바."

저녁 공양 후 산책을 한 뒤 평행봉 옆에서
기마자세로 두 손을 짝 펴고 "삐, 삐, 오바!" 하면서
위성안테나처럼 몇 바퀴를 도니
옆에서 이것을 보던 은규가 배꼽을 잡고 웃습니다.

"왜 웃니?"
"너무나 웃기잖아요."
"왜?"
"애들 같잖아요."
"그래? 그런데 내가 말로 하면 그 소리가 몇 미터나 가겠니?

그리고 목소리를 듣고 바로 이해하는 동물은 몇이나 있겠니?
그러니까 손가락 끝이 다 안테나가 되어
멀리 화야산 모든 축생들에게 전하려면
이렇게 영파靈波를 보내야 하는 거야.
그리고 동물들이 개들 때문에 얼마나 불편했겠니?
이렇게라도 알려야 되는 거야."

그와 나는 평행봉과 턱걸이, 맨손 체조 등 운동을 하고
마당을 몇 분 더 서성이다 방으로 들어 왔습니다.
마당엔 이미 달이 구름과 앞서거니 숨거니 합니다.

업이 다르고 생각이 다르면
아무리 좋은 말도 못 알아듣고
또 눈을 뜨고도 보지 못 합니다.
좋은 업을 만들어야겠습니다.

나무 공생 불

●
은규는 군을 제대하고 3개월 정도 서종사에 머물렀습니다.

지금 이 순간,
머리로 생각하고,
입으로 말하고,
얼굴로 표정을 만들어 가는 것이
나의 운명을 결정지어 갑니다.

고마운 마음

사업하는 남편이 김장배추를 한 포기 1,800원에 사왔다고 합니다.
그 즈음 절인 배추도 700원이면 충분하다는데 그렇게 사오니
많이 불편할 수도 있는데
부인이 그랬답니다.

"아이고, 참 잘했습니다.
그분도 일 년 농사인데 돈 좀 벌어야 되지 않겠습니까?"

만약 어차피 산 배추를 두고 싸우면 일 년 내내 먹을 때마다
얼마나 기분이 그렇겠습니까?
그러니 그 부인이 참 잘했다 생각합니다.
그 댁은 가족도 화목하고 사업도 잘 된다고 합니다.
좋게 생각하고, 넓은 마음으로 너그럽게 생각하면서 살아야 할 일입니다.

나무 넓은 마음 불

잠시 지나가는 손님일 뿐인데

어제 스님들이 오셨습니다.
서종사를 많이 좋아하셨습니다. 저도 좋았습니다.
스님들 모시고 차 한 잔 하다가 방명록에 한 말씀씩 부탁했습니다.
"왔다 갑니다."라고 쓰시더군요.
딱 맞는 말씀입니다.
우리 모두는 잠시 왔다 갑니다.

이웃에 아는 분이 이런 말씀을 하셨습니다.
작년에 같이 일하던 한 분은 나이도 젊은데 돌아가셨고,
또 한 분은 높은 데서 일하다 떨어져 병원에서 고생하고 계신다고.
그러니 인생이 참 무상하다고.

산길을 걸으면서 생각해 봅니다.
길 옆의 큰 나무, 해마다 피고 지는 작은 풀들.
우리보다 훨씬 오래 살면서 우리를 지켜봅니다.
우리는 잠시 왔다 가면서
참 많이 미워하기도 하고 욕심을 내기도 합니다.
잠시 지나가는 손님일 뿐인데 말입니다….

나무 무상 불

서종사를 비추는 초승달

내 가는 날에는

서리가 지붕에 하얗게 내렸습니다.
아침 하늘이 청명하더니 금방 구름이 몰려왔습니다.
고요 적막 평온…

만덕이와 개들에게 물과 먹이를 주고, 달려! 달려! 하면서 운동도 시키고,
늘 그러듯이 오늘도, 생애에서 지금이 어디쯤일까?
난 언제쯤 가게 될까? 그런 질문을 해 봅니다.
온 날이 그랬듯이 가는 날도 따뜻한 날이었으면 싶습니다.
배웅 나오신 님들이 힘들지 않도록, 관계된 분들이 번거롭지 않도록
타고 남은 종이 재처럼 훨훨 날아가고 싶습니다.
가는 날 모두 환하게 웃는 낮이었으면 좋겠습니다.
가는 길이 결코 슬픈 것만이 아닌 기쁜 날일 수도 있다고
알아주었으면 좋겠습니다.
가끔 그런 생각들을 하면서, 유서도 써보고, 유품 정리도 해보고,
지나온 발길을 돌아보기도 합니다.

나무 心空者 불

다듬다

새벽 내내 비가 내렸습니다.
연일 흐리고, 비가 자주 오니 자신도 모르게 얼굴이 자주 굳어졌습니다.
오후쯤, 서서히 그치기 시작하여 동쪽부터 파란 하늘이
보이기 시작했습니다.
저렇게 밝고 맑은 파란 하늘이 있다는 걸 비가 오고 흐릴 땐 잊고 있었지요.

또 길을 다듬어야 합니다.
비가 오면 꼭 해야 하는 일입니다.
날이 맑아지면 길도 좋아질 것입니다.

살다보면 자기도 모르게 얼굴이 굳어져 가기도 합니다.
미소로 다듬으시지요.

나무 미소 불

먼 훗날 돌이켜 볼 때는 이미 늦습니다.
지금 이 순간이 가장 좋은 시간임을 명심하여야 합니다

현재진행형

10여 년 전, 그분을 처음 만났을 때도 어두운 얼굴에 푸석푸석한
모습이었습니다.
어디가 아프다고 들었지요.
그분의 방에는 한약과 양약 봉지가 항상 한구석을 야무지게 자리하고
있었고, 밝은 모습도 있었지만 대부분은 아픈 날이 훨씬 많은 것으로
기억에 남아 있었습니다.
그리고 한 동안 소식 없이 지냈지요.
그런데 작년 겨울 어느 날 오셨는데 생각해 보니 3년 만이었습니다.
반갑게 악수도 하고 안부도 묻는데, 지금도 아프시다는 말씀을 하셨습니다.
얼굴이 처음 볼 때처럼 어두운 빛이었습니다.

ing.
현재진행형, 현재진행 중…
허나 항상 좋은 일만 현재진행형이라면 얼마나 좋겠습니까.

누구는 아무리 아파도 '아! 조아질랑갑다.'
힘든 일에 봉착해도 '음, 조아질라고 그런가 보다.'

너무 속상한 일이 생겨도

'정말 아주 많이 조아질라고!!

그러지 않고서야 어찌 이런 일이 생기겠는가!'

라고 생각하면서, 모든 것은 지나가게 되어 있다고 믿는다 합니다.

많이 힘든 일이 닥쳤을 때는

그것이 한없이 계속될 것 같아도 때 되면 지나가게 되어있습니다.

연인과의 사랑이 영원할 것 같아도 조금의 시간 차이가 있을 뿐

마침내는 반드시 지나가 버리고 식어집니다.

이 세상 변하지 않는 것은 없습니다.

그 변화의 가운데에 서서 깨어 있어야 합니다.

힘든 일은 정신의 세계가 좋아지려는,

몸이 아픈 증상은 육신이 좋아지려는,

명현 반응이라고 생각하면 될 것입니다.

지금 이 순간, 머리로 생각하고, 입으로 말하고,

얼굴로 표정을 만들어 가는 것이 나의 운명을 결정지어 갑니다.

나무 현재 불

●
산 길을 따라 핀 쑥부쟁이

돌이켜 보면

그때 참 젊었는데…
참 좋은 시절이었는데…
하며 지난 과거를 회상하는 경우가 많습니다.

지금도 덥지도 않고 춥지도 않고
가을꽃이 가득하고 참 좋은 계절인데 말입니다.

먼 훗날 돌이켜 볼 때는 이미 늦습니다.
지금 이 순간이 가장 좋은 시간임을 명심하여야 합니다.

나무 지금 불

거금선원 바닷가에서

정체되어 있으면 썩기 마련입니다.
방구석 바람이 통하지 않는 곳은 곰팡이가 피고 썩어 냄새가 납니다.
늘 흘러야 합니다.
통방산 스님과 백중기도를 끝내고 거금선원에 갔습니다.

선착장에 마중 나오신 스님은 10여 년 전보다 조금 여위고 수척하셨습니다.
섬을 돌아서 '참샘절'에 도착하여 보고는 할 말을 잃었습니다.
와!
이렇게 도량을 만들었구나.
큰법당과 요사채, 담장, 새로 쌓은 돌탑들을 보고서야
스님의 얼굴이 수척해진 까닭을 알 수 있었습니다.
수행하면서 도량 건설하는 것은 젊음과 정력
모든 것을 다 쏟아야 만들어지는 것이지요.
스님과 대화를 나누며 바닷가로 산책을 갔습니다.
돌들이 아주 예뻐 한없이 입이 벌어졌지요.

둥근 돌만 보면 기분이 좋아집니다.
도량 근처에서 둥그런 돌만 보면 모아서 작은 탑을 쌓곤 합니다.
몇 천 년을 닳아서 둥글어진 돌 위에 앉아서
멀리 바다를 보며 파도소리를 관하였습니다.

누워서 바다와 하늘을 보니 우주 밖 푸른 초록별에 온 것 같았습니다.
가끔 세상은 이렇게 기분 좋을 때도 있습니다.
파도에 돌들의 합창이 장관이었습니다.
거금선원장 스님 말씀에 의하면,
"파도로 인해 물이 78만 번 왔다 가야 돌이 반들반들해진다."고 합니다.
모난 돌이 바다로 가려면 모난 곳이 다 닳아서 둥글어져야 한답니다.

누군가의 흉허물이 보이십니까?
아직 바다는 멀었습니다.

나무 둥그런 돌 불

백만 불짜리 미소

큰절에 살 때 일입니다.
처음에는 직원들이 참 친절했는데 갈수록 딱딱해지는 것이었습니다.
심지어는 화난 얼굴 같을 때도 있어 덩달아 화가 났습니다.

하루는 남자직원에게 물었습니다.
"전에는 다들 밝고 친절했는데 왜 요즘은 다들 굳었지요?"
그랬더니 그 직원 대답이,
"스님이 먼저 굳었는데요!
전에 스님의 웃음은 백만 불짜리였는데
언제부터인지 스님 얼굴에서 미소가 없어졌어요.
그래서 우리도 굳었어요."

큰 충격이었지요.
스스로의 얼굴에서 미소가 없어진 줄은 모르고
다른 사람들 미소만 없어졌다고 하다니…

그 후부터는 늘 스스로를 먼저 돌아봅니다.
그리고… 그 미소는 지금도 계속하고 있답니다.

나무 환한 웃음 불

법당 아래 마당 가득 핀 코스모스

미리 걱정하지 마십시오.
혹여 직장도, 일도, 인연이 다 된 것이 있다면
미련을 두지 말고 보내십시오.
그 꽃이 지고 나면 또 다른 꽃이 나타나듯이
어쩌면 더 좋은 인연이 기다리고 있는지도 모릅니다.

고양이 인연

언젠가부터 절에 쥐가 많아졌다.
밖에서는 고구마와 옥수수를 파서 먹고,
방까지 들어와 방충망을 뜯고 문짝도 쏠아버리고
어떤 때는 공양시간에 뛰쳐나와 사람을 놀라게도 하였다.

이젠 음식물도 잘 간수하지 않으면 안 되는 상황이 되었다.
문득 쥐약, 끈끈이, 덫 등을 생각해 보았지만
그래서 될 일이 아니었다.

누군가가 고양이가 있으면 되지만
기르려면 그만큼 번거롭다고 하였다.

그렇게 연일 들끓는 쥐에
고양이를 기를까 생각하고 있는데
갑자기 쥐가 한 마리도 보이지 않았다.
창고 쪽에서 어슬렁거리는 들고양이 한 마리가 보였다.
쥐의 흔적이 사라진 것은 고양이 덕분이었다.

그러던 차에

부처님 오신 날 행사를 하려고

창고에서 포장을 꺼내는데 보온 덮개 위에

낳은 지 3~4일 되어 보이는 새끼 고양이 여섯 마리가 있었다.

아직 눈도 못 뜨고 불그레한 모습 그대로였다.

우리는 예뻐하며 조심스레 관심을 두었고

소문을 들은 불자님들까지 예뻐하였는데

밤새 어미가 새끼를 어디론가 다 데려가 버렸다.

섭섭했다.

해코지할 마음도 전혀 없었는데

그것도 모르고 다 데려가다니…

한 달쯤 후 늦은 밤에 창고 뒤 개울에서

새끼 고양이 울음소리가 계속 났다.

개울가에서 두 마리가 울고 있었다.

어린 새끼의 안타까운 모습에 보듬어 오다가 보니

어둠 속 바로 곁에 어미가 있어서 두고 왔다.

이른 아침에 다시 들리는 울음소리에 가서 보니
어미는 사라지고 새끼 고양이 한 마리만 울고 있었다.

조심스레 보듬어 와서 길렀다.

고양이를 기르고 싶은 마음을 어찌 알았는지
어미가 우리에게 한 마리 맡기고 갔나 보다 싶었다.
그 뒤로도 어미는 여러 번 왔지만
새끼를 데려가지는 않았다.

쥐가 너무 지나치더니
고양이가 왔고
아예 새끼까지 한 마리 맡기고 가니…

자연의 법칙이 다 해결해 주었다.

모난 돌이 바다로 가려면

모난 곳이 다 닳아서

둥글어져야 한답니다.

누군가의 흉허물이 보이십니까?

아직 바다는 멀었습니다.

너나 좋지

자연이 만든 일주문

겨울 준비

법당이 추워서 유리로만 되어 있는 문에 종이를 붙였습니다.
그랬더니 금방 푸근해졌습니다.
유리가 두껍고 이중문이라 해도 역시 방한에는 종이가 좋습니다.
5년 만에 종이를 새로 붙인 것입니다.

이 문은 하이섀시 문이기에 풀로는 붙지 않아 테이프를 잘라 붙이는데,
이 일을 같이 하시는 분들도 그렇고,
처음엔 서툴렀지만 시간이 갈수록 전문적으로 되어갑니다.
이제 정말 잘 할 수 있을 때면 문이 다 붙여진 뒤입니다.

생각하기를, 일도 익숙할 때쯤 끝이 나듯이
인생도 뭔가 알 때 쯤 되면 가는 것 같다는….

나무 인생 불

사람 손이 타지 않아야~

아침 6시쯤 법통이를 풀어 주었습니다.
왜냐하면 은사스님께서 개를 만지시며 예뻐하시기 때문입니다.
5년여 개를 길러 본 결과 사람 손이 많이 타지 않아야 된다는 걸 알았습니다.
그래서 개를 만지지 말고 먹이도 주지 말라는 팻말을 세워 놓았지만,
은사스님이 만지고 예뻐하는 데야 어떻게 제지할 수도 없고…
은사스님 덕분에 수년간 공들인 만덕이와 법통이가
똥개가 다 될 지경이었습니다.

이제 맘대로 돌아다니는 개를 어쩌지 못하시겠지.

하지만 옆에서 지켜본 거사님이 말씀하시기를,
은사스님께서는 이미 새벽 5시에 세 마리 다 예쁘다고
만지고 다니셨다 합니다.

에구! 이것도 다 조아질라고겠지. 쩝….

두 길

서종로에는 두 길이 있습니다.
물 길과 사람 길.

두 길은 평소엔 별 차이가 나지 않습니다.
사람의 길은 숲속으로 얌전하게 이어져 있고
물 길은 유순하게 아래로 향하고 있습니다.

그러나 상황에 따라 두 길은 크게 달라지기도 합니다.

큰 비가 와서 물이 엄청 불었습니다.
평소에는 별로 크게 다르지 않은 길로 보이지만
결정적일 때는 확연하게 다릅니다.
물이 가는 길…
사람이 가는 길…
도道로 가는 길….

나무 길 불

너나 좋지

개들은 단체가 아닌 교대로 운동을 시킵니다.

같이 풀어주면 작당을 하는지 멀리 아주 멀리 가버리는 경우도 있고,

다시 찾아오는 데 시간이 많이 걸리기도 하며, 영영 안 돌아오는 수도 있고,

수컷들이라서 싸울 수도 있기 때문입니다.

전날 만덕이만 운동을 못 하고 법통이와 강화도는 했기에

오늘은 만덕이만 운동을 시켰습니다. 만덕이 대단합니다.

마치 사슴처럼 껑충껑충 뛰면서 좋아서 어쩔 줄을 모릅니다.

뚝 떨어져 있는 강화도한테 올라가서 자랑도 하고

적휴지로, 비밀의 화원 쪽으로 다시 심조연으로…

온 도량을 몇 바퀴나 달립니다.

그렇지만 법통이는 약이 올라 말처럼 히잉, 히잉, 계속 어쩌지 못하는

질투심이 가득합니다.

착한 만덕이, 좋은 마음으로 법통이한테 갔다가 된통 얼굴을 물렸고

결국 둘은 싸움이 붙고 말았습니다.

말렸지만 이미 잔뜩 약이 올라 있던 법통이한테 물려서

만덕이는 상처를 입고 말았습니다.

쩝! 만덕아! 그러게 너나 기분 좋지, 묶여 있는 법통이나 강화도가

뭐가 좋겠어.

나무 자비 불

돌계단 작업

어제 돌계단 작업을 마무리했습니다.

대체적으로 생각한 만큼 되었습니다.

이 돌계단 작업을 하면서 처음 잘못한 일은 내내 문제가 된다는 것을

알았습니다.

그곳의 벽 옆은 바로 방이기에 반드시 간격을 떼어서 마무리를 했어야 했는데

붙어 있어서 장마철만 되면 방에 물이 들었습니다.

늦게나마 흙벽을 제거하고 돌을 쌓았으나 기초가 부실하고

물이 많이 흘러 쓸리고 쓸려서 결국에는 무너지고 말았습니다.

이제 새로 굴삭기로 제대로 계단을 하였고,

작업이 마무리 될 때쯤 호미를 들고 꽃잔디를 사이사이 심었습니다.

지금 심어 놓으면 금방 뿌리를 내려 봄이면 아주 예쁘게 꽃을 피울 것입니다.

무엇이든지 처음에 잘 해야 한다는 것을

또 한 번 깨달았습니다. 무엇이든지….

나무 초발심 불

서종사 앞마당의 둥근 돌탑

바람은 소리 없이

겨울 달이 무척 차갑습니다.
달이 밝은 밤은 바람이 더 찹니다.
산창으로 보이는 앞산은
희뿌연 달빛에 낮게 숨죽여 엎드린 코끼리 같습니다.
산등성이에는 아직 녹지 않은 흰 눈이 히뜩거립니다.
달빛 속에서도 풍경이 날립니다.

고요.
아무도 없는 이 산골짜기
앉아 있는 좌복이 포근합니다.

난 어디를 지나가고 있는 것인가?

차가운 하늘에
달도 지나가고
바람도 소리 없이 지나가는데.

나무 바람 불

보살은

요 며칠간 비가 계속 왔습니다. 시원해서 좋습니다.
얼마나 시원하던지 새벽에는 겨울 옷을 꺼내 입어야 했습니다.

어찌된 육신인지 더위도 못 이기고 추위도 못 견딥니다.
그래도 겨울을 좋아하는 이유는 날이 추우면 방을 따뜻하게 하고
옷도 껴입고 방에서 책이라도 읽고 있으면 세상에 부러울 것 없는데,
더위는 피할 곳이 없습니다.

비에 젖은 작은 나무들이 바람에 손을 흔들듯 잎새를 흔듭니다.
빗방울이 창에 들이칩니다. 문을 닫습니다.

비는 산이나 밭이나 마당이나 골고루 내립니다.
부처님께서 말씀하신 『법화경』에도 비에 대한 비유가 있습니다.
"비는 독초든 약초든 가리지 않고 내린다.
보살 역시도 분별심이 없어야 한다."

우리는 육신에 의지하여 살기 때문에 어느새 분별심으로 보게 됩니다.
분별심으로 인한 치우침이 없어야겠습니다.

나무 불

한 걸음 한 걸음이
이 높은 산에 오르게 한 것입니다.
한 걸음 한 걸음이
우리를 여기까지 오게 했습니다.
한 걸음 한 걸음이 중요합니다.

순하고 착실함

어제 일이 있어서 수입초등학교에 가게 되었습니다.
선생님들을 뵙고 말씀도 나누었습니다.
서류를 부탁하는 과정에 졸업증명서가 와야 하는데 생활기록부가 와서
본의 아니게 과거로 돌아가게 되었습니다.

1학년 착실하고 침착하다.
2학년 온순하고 침착하다.
3학년 착실한 성격으로 온순하고 학교생활에서 친구 간 신뢰가 있음.

생활기록부엔 그렇게 쓰여 있었습니다.
그때도 종교는 불교라고 되어 있었고 상도 받았지요.
그때 그랬구나.
학교운동장은 깨끗하고 고요하며 맑은 햇볕에 그림자가 짙었습니다.

지나간 일들은 기록으로, 흔적으로, 업으로 남아 대기하고 있습니다.
평상시 좋은, 성실한 업으로 쌓아가야겠다는 생각입니다.

나무 과거 불

평상심대로

아는 분과 공양을 하는데 담아준 음식에서 반절을 덜고 드셨습니다.

공양 전에도 밀감을 맛있게 먹으면서 그분께도 권했는데 안 드셨습니다.

한두 개쯤은 드실 수도 있는데…

그분 행동을 보니 육신을 유지하는 데 꼭 필요한 만큼만 드셨습니다.

신선한 충격으로 다가왔습니다.

재가에서 생활을 하는 저분도 저렇게 절제하는구나!

때라고 먹고, 맛있다고 조금 더 먹고, 잘 먹어야 활력 있게 산다면서 또 먹고,

누가 먹자고 권하면 또 먹고…

평상시에도 밥을 적게 먹으려고 생각하던 차여서

그날 저녁부터 더욱 강하게 반절을 덜고 공양했습니다.

다음날 아침도, 점심도 그렇게 했는데 어째 서운합니다.

뱃속이 허전해서 마음까지 허전해지는가?

저녁때 공양을 적게 하면 밤엔 라면이 너무 먹고 싶어집니다.

라면은 쉽게 먹을 수 있어서 좋습니다.

그래서 저녁을 적게 먹은 날은 내리 라면을 하나씩 먹었습니다.

'이렇게 맛있는 음식을 개발한 사람에게 노벨상을 드려야 하는데…' 하면서.

생각했습니다.

무엇에 금방 감동받아 바로 고치려 하지도 말고,

밉다고 절단 내지도 말고,

평상시에 아주 조금씩 변해가자고.

'평심이 곧 도' 라는

어느 스님의 유명한 말씀도 있지 않은가 하면서 말입니다.

나무 평상심 불

눈이 오는구나.

눈보라가 치는구나.

바람도 많이 부는구나.

풍경도 바쁘구나.

서종사 앞마당의 돌탑과 나무와 만나는 흰눈의 고요

한겨울

눈발이 휘날립니다.
바람이 너무 세차서 창문을 열어 보니 밖은 시베리아입니다.
만덕이와 법통이도 진즉 집안으로 들어가서 보이지 않습니다.

'눈이 오는구나.
눈보라가 치는구나.
바람도 많이 부는구나.
풍경도 바쁘구나.'

대중스님과 같이 비를 들고 절에서부터 쓸면서 서종로로 내려갔습니다.
그제 치운 눈길을 다시 쓸어야 합니다.

발도 꽁꽁

귀도, 볼도 꽁꽁.

코에서는 물방울이 계속 떨어집니다.

어릴 적에는 학교 다닐 때 늘 발이 시렸습니다. 손도 시렸습니다.

오랜만에 발도 손도 볼도 시린 체험을 하니 유년시절로 돌아간 것 같습니다.

빗자루로 쓸면서 반야심경도 하고 신묘장구대다라니도 하고

손동작에 맞추어서 호흡을 하면서 묵묵히 쓸고 내려갑니다.

일을 하되 일의 노예가 되지 않고 공부하는 과정으로 생각하면

일이 즐겁습니다.

세상 무슨 일을 하든지,

어떤 일에 부딪든지 늘 공부하는 마음이어야겠습니다.

나무 노동 불

따뜻한 말 한마디가

어제까지 3일 동안 눈을 옮겼습니다.

눈 치우는 울력을 하러 오신 분께서는 군대에서 눈 치우는 일을 할 때,

처음에는 아주 아름다워 탄성이 절로 나왔는데

겨울이 지날 때쯤 지긋지긋해졌다고,

그 뒤로 오늘이 처음이라면서 같이 눈을 치웠습니다.

눈을 치우면서 내내 마음 한편으로 죄송한 마음이었습니다.

독백하기를,

'범일이! 이렇게 깊은 산중에 절 만들어서

눈 오면 눈 온다고 치울 분 들어오라고 하여 불자님 힘들게 하고,

법회도 행사도 멀리 있으니 오시는 분들 늘 힘들잖아.

너 잘 하는 거야?

이렇게 절勝 한다면서 불자님들 너무 힘들게 하는 거 아니야?'

하도 마음이 쓰여 결국 그런 말씀을 드리니 한 불자님께서,

"덕분에 이렇게 아름다운 눈 구경 하잖아요.

설악산이나 가야 하는 구경을 여기서 하니 좋아요.

스님께서는 눈 올 때마다 힘들게 치우시지만

우린 어쩌다 치우는 거잖아요…."

그렇게 말씀해 주셨습니다.

몸도 마음도 힘들었는데 그 말씀을 들으니 다시 힘이 났습니다.

저녁때까지 눈을 치우고 올라오면서 보니

지는 해에 녹아 떨어지는 눈물이 보석처럼 영롱하게 빛나고 있었습니다.

따뜻한 말씀 한마디가 힘듦을 녹여 버립니다.

나무 눈 불

열반경의 말씀

『대반열반경』 제25권에
"병자가 의사의 지시나 약 이름을 듣는 것만으로는
병을 고치지 못한다."는 말이 있습니다.
구담약방求談藥方 부제일병不除一病
약을 먹어야 병이 고쳐집니다.

12연기의 깊은 도리를 듣는다고 모든 번뇌를 끊을 수는 없습니다.
명상을 깊이 함으로써 비로소 번뇌를 떨쳐버릴 수가 있습니다.

스스로를 돌아보는 명상을 하여야 하겠습니다.

나무 석가모니불

가풍을 보게 되다

아는 불자님 한 분이 도반 불자들과 같이 오셨습니다.

우리 서종사에 뭘 문의하러 오신 것입니다.

일행 중에 데리고 온 애완견이 천방지축이었지요.

눈치도 없이 왔다 갔다 하면서 아무 데나 입을 대고 다녔습니다.

'저 개의 주인이 누굴까?'

먼저 그런 생각부터 들었습니다.

개를 보면서도 개의 배경을 생각하게 되었지요. 참!

개는 오만 데 돌아다니며 차버림 사발에도 입을 대는 등

산방 한담 분위기를 계속 깨고 있었습니다.

그 정도면 주인이 통제를 해야 할 것 같은데

마냥 귀엽고 예쁘기만 한가 봅니다.

산방 가풍을 알려 주어야 했지요.

'개'는 '개'일 뿐이고

개가 알아서 무엇을 해 주기를 기다려서 되는 일도 아니었고,

지금까지 개 주인의 통제를 기다려도 소용이 없었으므로

행주로 개 근처의 방바닥을 사정없이 내리쳐버렸습니다.

절대 때릴 생각이 아닌, 겁만 주기 위해서였지요.

하 하 하!

놀란 개가 험한 상황을 짐작하고는 눈이 동그래져서 쳐다보았습니다.

그때서야 불자님이 개를 안아서 챙기셨습니다.

개 주인은 처음 오신 불자님이셨습니다.

다른 곳의 가풍도 모르고 자기 집에서처럼 천방지축인 개는

이처럼 한번쯤 버르장머리를 고칠 필요가 있겠다 싶었습니다.

다시 생각해도 잘한 일 같습니다.

개뿐만 아니라 아이들도 마찬가지입니다.

절이나 음식점에서 천방지축인 아이들을 자주 볼 수 있는데,

자유와 절제를 아울러 일깨워주어야 한다는 생각이 고개를 듭니다.

나무 가풍 불

고백

살아가면서 타고난 성격은 고치기 어려운 것일까?
지금도 고스란히 남아있는 성격.
가끔 혼자서 쓸쓸한 미소도 지어보고, 재미있다는 생각도 합니다.
뜨거운 음식이 나오면,

1. 빨리 먹을 수 없어서 화가 난다.
2. 빨리 먹다가 입천장이 벗겨지는 경우가 왕왕 있다.
3. 너무 빨리 몰아넣다 보니 소화불량에 걸리는 수가 종종 있다.

사탕은 거의 바삭바삭 깨어 먹습니다.
고속도로 서울 톨게이트에서 사탕 하나를 입에 넣고 녹여서
대전까지 가지고 가는 분들은 존경스러울 정도입니다.
뜨거운 물은 찬물에 섞어 미지근하게 하여 마셔 버립니다.

운동도 천천히 하는 것보다 짧은 시간에 왕창 해 버리는

스쿼시를 좋아하지요.

어릴 적 어깨 너머로 배운 바둑과 장기,

지금은 하지 않지만 바둑은 갑갑했습니다.

돌 하나 놓고 세월아 네월아… 그래서 장기를 훨씬 좋아했지요.

지금 화야산 주변에 쑥이 지천으로 깔려 있지만 하나하나 뜯지를 못합니다.

갑갑하니까.

산을 오를 때도 돌아가는 길보다는 수직으로 마구 올라가고

내려올 때도 그렇습니다.

급한 만큼 추진도 빠르지만 포기도 빠릅니다.

아니다 싶으면 바로 새까맣게 잊어버립니다.

세상의 이치는 계절이 바뀌듯이,

나무나 풀이 자라듯이 변화하는데 난 아직도 급하고 급합니다.

그래서 가끔 그 대가를 톡톡히 치르지요.

나무 불

풍경 소리

새해를 서종사 도량에서 보내려는 불자님들이 계셨습니다.
어떤 불자님 두 분은 13킬로를 3시간 넘게 걸어서 오신 분도 계셨고,
3일 동안 3000배 철야기도를 하신 분도 계시며, 눈 덮인 이곳을 체인도
안 하고 절까지 올라온 분도 계셨습니다. 눈이 오면 통행이 불편하여
오시는 분들이 뜸해지리라 생각했던 예상이 빗나갔습니다.
언젠가 산방에서 쉬어간 어느 분은 풍경소리 땜에 한 숨도 못 잤다고
하셨습니다. 그래서 이번에는 주무실 때 풍경을 꼭 잡아 매 놓겠다고
말씀드렸지요.

사실 풍경소리는 나의 절친한 친구이기도 합니다.

문득 상념에 빠져 이 생각 저 생각에 유희하노라면

바람의 흔적으로 딸랑거리며 묻곤 합니다.

"범일 뭐하노?"

"어, 뭐하냐고…"

아! 다시 현실로 돌아옵니다.

눈앞에는 화야산의 나목裸木들이 산비탈에 도열해 있고,

골과 능선을 허옇게 드러내 놓은 곳엔 겨울 짐승도 보이지 않습니다.

나무, 묵언하고 있는 정진 대중, 군더더기를 벗어버린 나무들 발아래는

봄까지 녹지 않을 흰 눈이 듬뿍 쌓여 있습니다.

긴 겨울이 한참입니다.

나무 풍경 불

●
화야산을 넉넉히 품어 주는 보름달

달빛 산방

산 속 교교한 동짓달의 보름밤이 좋아서
차를 마시러,
달을 맞으러,
산창으로 다가섭니다.

큰 창으로 환하게 들어오는 꿈속의 군상들
달과 별이 방으로 내려와
같이 차를 따르고 마시고
따르고 또 마시고…

사바에서 이런 달 밝은 밤을
맞이하는 날이 며칠이나 될꼬!

산방 앞산 코끼리 능선
오늘 밤은 웅크림을 털어내고
서녘 바다로 한 발 한 발
걷고 또 걷습니다.

나무 앞산 불

바다 이야기

오래 전, 어느 꼭두새벽에 전화벨이 울렸습니다.

"여보세요?"

전화의 수화기에서는, 대답 대신 흑, 흑, 흐느끼는 울음소리만

한동안 들렸습니다. 시간은 새벽 2시 30분쯤

"아~ 누구지, 왜 이렇게 슬프게 울까? 누구세요?……

아! 알았다! 왜 그렇게 울어요? 울지만 말고 이야기를 해봐요!"

불행한 일이 있나 보다. 교통사고일까?

"스님! 이제 어떻게 해요? 엉! 엉~"

불안한 마음은 더해집니다.

"바다가 죽었어요. 엉 엉…"

한참을 계속

"엉! 엉! 엉!…"

'아! 가족과의 사별인가 보다!' 라는 생각이 언뜻 들어서,

"바다가 누군데요?"

"우리 바다요."

"아이에요?"

"아니요! 개요! 제가 키우는 개요. 빨리 오세요! 기도해 주세요."

개! 개의 이름을 '바다'라고 짓다니! 갑자기 갑갑해졌습니다.

이 깊은 밤에 개가 죽었다고 전화를 하고 오라 하니…

집은 서대문 어디라고 하면서 막무가내로 와서 기도해 달라는

아이 같은 성화에 겨우 겨우 "지장보살"을 염불하라고 달래고는

수화기를 놓고 가만 생각을 했지요.

'스님은 개인이 아니기에 어려운 일로 부탁을 하면 가야 한다.

얼마나 슬프면 이 시간에 전화를 했을까? 우선 생각나는 사람이

스님이었을 것인데…'

그렇다고 새벽에 가기에도 무리가 아닐 수 없었습니다.

'그렇다. 꿈을 꾼 것 같다. 그래 꿈이지!'

지금도 바다만 보면 그 생각이 가끔 떠오릅니다.

그 뒤로 나는 그 사람에게 짤린 것 같습니다. 다시는 연락이 안 오더군요.

그에게는 개가 한 식구이며 크게 의지가 되었던 모양인데,

그 일이 그에게 있어서는 아주 슬픈 일이었을 텐데 스님은 오지도 않고…

그의 간절하고도 서운한 마음이 진하게 느껴집니다.

나 또는 상식이 아니라 먼저 상대의 마음을 헤아릴 것을.

바다를 잃은 주인의 슬픔 덕분에 깨달은 소식입니다.

나무 아미타불

범일 왜 이러나

늦은 밤에 전화가 왔습니다.

한참만에야 그가 누군지를 생각해 낼 정도로 오랜만이었지요.

외국에 나갔다가 아버님의 부음을 듣고 잠시 귀국했는데,

생각나는 사람이 나라고 하면서 기도를 부탁했습니다.

평소엔 연락이 전혀 없었고 갑자기 전화가 오니,

내일도 강의가 있고 오늘도 일이 많아 힘들었는데 하며 잠시 망설였습니다.

그땐 대기업 직원 못지않게 일이 많고 바빴습니다.

불교대학은 한 해에 6회를 운영하기에 일 년치 예약이 다 될 정도였지요.

우스개 소리로 우리를 만나려면 최소한 6개월 전에

예약을 해야 한다고 할 정도였습니다.

그 외 많은 직장의 법회, 신행단체 법회, 교도소, 경찰서, 병원 방문,

방문자 상담 등등. 갑갑했습니다.

그 순간,

'범일 왜 이러나! 그대는 개인이 아니다.

누군가 그대를 필요로 한다면 언제나 흔연한 마음으로 나서야 한다.'

기꺼이 기도를 해 드렸습니다. 발인 때까지 했던 것 같습니다.

지금 생각하면 잠시라도 그런 생각이 스친 것이 부끄럽습니다.

죽음이라는 것이 가족이나 스님이 한가한 날 가는 것도 아니고…

비가 오는 날 우산이 필요합니다.

섣달 그믐날 떡시루를 빌리러 온다고 뭐라고 하지만

사실은 그날 필요한 것이지요.

나무 인연 불

화아산을 지키는 나무들의 굳건한 모습

라 보 때

낮에 라면을 세 개 끓여서 절에 오신 부부와 같이 한 끼 때웠습니다.
저녁에도 라면으로 넘겼습니다. 입맛 없을 때 라면 맛은 그저 그만입니다.

요즘 공양주님이 안 계셔서 며칠 '때운다' 는 식으로 그럭저럭 끼니를
해결하고 있습니다. 절에서는 공양주 모시는 일이 항상 어려운 숙제입니다.
오시려는 분도 드물고, 혹 온다 해도 조건이 안 맞을 수도 있고
와 계시다가도 어찌어찌 금방 가는 경우가 많습니다.
큰절에 있을 때는 여럿이 함께 지내면서 의지하고 잘 지내는데
작은 절에서는 혼자 있으니 아주 어려운 문제입니다.
주변 절 스님들도 혼자 사는 분이 대부분입니다.
다른 스님들도 그 문제가 늘 어려운 문제라고들 하십니다.

밤부터 비가 내립니다. 혼자 생각해 보니 저는 참 욕심이 많습니다.
이렇게 좋은 곳에서 공부하며 잘 살면서 너무나 많은 것을 바라는 것 같습니다.
야무지고 성실한 공양주를 기대하는 것 또한 큰 욕심 아닌가 싶습니다.

나무 공양주님 불……

몇 천년을 닳아서 둥글어진 돌 위에 앉아서

멀리 바다를 보며 파도소리를 관하였습니다.

생각하기를,
일도 익숙할 때쯤 끝이 나듯이
인생도 뭔가 알 때 쯤 되면 가는 것 같다는…

모른다 몰라

모른다.
언제 죽을지 모른다.
내일 무슨 일이 일어날지도 모른다.
지금, 비가 오는 마당
산을 보고 있는 내가 누군지도 모른다.
산안개를 따라서 오르내리는 그것이 무엇인지도 모른다.

손을 펴서 팔을 쭉 뻗어보고
다리가 저려서 펴 보지만
이렇게 시키는 것이 누군지도 모른다.

하루 종일 내리는 비
왜 내리는 지도 모른다.
비를 보면 시원해지고 한없이 좋아하는 이 마음은
어째서 그런지도 모른다.

나는 모른다, 몰라!

말

한적한 시골 마을 고부간의 대화…
"애야, 아랫마을 이번에 상을 당하신 분이 어디로 가셨는지 보고 오너라!"
"예, 어머님…"
한참 후 다녀와서 며느리가 말하기를
"어머님 그분은 극락에 가셨습니다."
"음 그랬을 거야."

이런 특이한 대화를 듣고 있던 손님이 물어 보았습니다.
"무슨 말씀인지요? 돌아가신 분이 어디로 가신 줄을 어찌 안단 말입니까?"
"다른 것이 아니요. 그분 댁에 가니 조문 오신 분들이나 동네사람들 모두가
좋은 분이 돌아가셨다고 하고 다들 좋은 데 가셨을 거라고 하는데
어찌 나쁜 데 가겠습니까?"

우리는 살면서 어쩔 수 없이 다른 사람들의 말을 하게 됩니다.

좋은 말과 흉허물…

사람이 어찌 흉이 없고 좋은 부분만 있겠습니까.

다만 많은 모습들 중에 좋은 부분은 드러내주고 흠이 되는 부분은

덮어 주면 좋겠습니다.

우린 가까운 이에게 너무나 함부로 대하지는 않는지요?

그이도 처음 나와 만났을 때는 꽃처럼 빛나던 분이 아니던가요?

산처럼 믿음직한 분은 아니었는지요?

내가 한 말에 발이 있어 그 사람 귀로 달려간다는 사실을 아시는지요?

약속

재작년인가, 새벽마다 틈만 나면 화야산 산정에 올라간 적이 있었다.
어두워서 주춤거리다가도 중간쯤만 가면 출발한 것이 얼마나 잘 했는지
동이 터오는 새벽산과의 만남은 행복이었다.
한 시간쯤 올라가면 만나는 소나무군락을 지나치면서
"소나무야 힘내렴!"
그러면서 쓰다듬어 주고 다니던 곳이 있었다.
그리고 늘 마음 한구석에 그 소나무들의 안위가 걱정되었다.
다른 곳도 해가 갈수록 소나무들이 활엽수에 치여서 햇볕을 보려고
하다하다 고사한 모습들. 산에서도 생존경쟁은 절절했다.
이제 거사님들이 계시니 여러 날 전에 산 소나무 이야기를 말씀해 드렸다.
지난 금요일 비가 올락말락할 때 같이 올라갔다. 그리고 소나무 근처에
나무들을 간벌해 주었다. 내려오면서
"그래 참 잘했어."
"말로만 소나무야 '힘내렴' 하면 소나무가 얼마나 약이 오르겠어."
이제 일 년에 몇 번이라도 소나무를 지속적으로 돌봐 주어야겠다.
오래된 약속을 실행하고 내려오는 날
3일째 산행에 허벅지가 뻑뻑하고 다리가 후들거렸지만
마음은 뿌듯하였다.

나무 소나무 불

화아산 산정 표시석에 반사된 떠오르는 해

굳어진 생각들

불자님 중에 노보살님이 계신데 남들이 못 하는 말씀도 잘 하시고
다른 이들에게 절 법에 대해서 충고도 잘 하십니다.
어느 날 손수 바지를 한 벌 만들어 오셨습니다.
집에서 뭔가를 하시고 남은 천으로 만드셨다는데
몸에 맞지 않고 정전기가 많이 나는 옷감이라서 입을 수가 없었습니다.
잘 입느냐고 물으셔서 어물쩍 넘기고 말았지요.
두 번째, 또 옷을 해 오셨습니다. 이번에는 적삼하고 바지였습니다.
이번에는 정직하게 말씀을 드렸습니다.
"해 오신 옷을 입을 수 없고요. 이미 옷이 충분히 있고요.
옷 많아지면 엄청 골치 아파집니다. 그러니 제발 안 해 오셔도 되는데요"
그분은 약간 삐질락 말락 하면서 넘어가셨습니다.

다시 한참 후 전화를 하셨습니다.
이번에는 오래 되긴 했지만 목화솜 좋은 것이 있는데
절에 이불이나 방석 중 어떤 것을 하면 좋겠느냐고 물으셨습니다.
이불도 방석도 다 있었지만 법당에서 쓰는 일반방석을 하시면 어떠냐고
말씀을 드렸더니 손수 해서 가져 오셨습니다.

이번 역시 방석이 너무 크고 두꺼웠습니다. 보는 순간 그랬지요.
그래서 한쪽에 접어놓고 쓰지를 않았습니다.
그러기만 하면 될 것을 너무 크다고 직접 말씀까지 드렸더니 노보살님이,
"그냥 쓰시오!"

요즘은 늦은 밤에 법당에서 108배, 216배도 하는데 그 방석을 사용하여
절을 해 보니 좀 크기는 해도 편안했고,
좌선을 할 때는 푹신해서 좋았습니다.
그 방석에 앉아 혼자 생각하기를, 그 노보살님의 정성에
감사하면서 환한 모습으로 아주 좋다고 했으면 좋았을 것을.
그러면 그분께서도 무척 기뻐하셨을 텐데…
비록 내 취향이 아니라도 불자가 해 오신 보시물을
내 잣대로 자르고 좋은 말씀을 못 드려서 죄송한 생각이 들었습니다.
늘 지나고 나면 후회스러운 일들이 있습니다.

바람 부는 대로…

걷자
바람이 불면 부는 대로
길이 울퉁거리면 울퉁거리는 대로
그렇게 멀리 보고 걷자…

보자…
하늘을 보고
땅을 보고
그냥 눈에 보이는 것을 보면서
좀 더 멀리 보자…

웃자…
좋은 날은 좋아서
괴로운 날은 일부러…
조금은 바보같이…
웃고 살자….

마음의 그림

범어사 청풍당 금어선원 동안거 결제 때
큰방 대중은 15명으로
당시 수행의 신심으로 뭉쳐있던
젊은 수좌들은 용맹정진하자 하고
연세가 조금 드신 스님들께서는
정해진 시간 알차게 정진하자는 쪽이셨다.

다수결로 정하기로 했는데 7 대 7
반으로 나뉘었다.
처음부터 대중의 의견에 따르기로 했는데
반으로 나뉜 상황에서 어느 쪽이든지 결정해야 하는 처지였다.
입승스님께서 나에게 어떤 식으로든 택하라 하시어
양쪽 의견을 다 존중하는 쪽으로 가행정진을 말씀드렸고
그렇게 한 철을 잘 살았다.

그때 생각키를
나이가 들면 혼자서 자유롭게 정진할 수 있는
암자도량을 하나 만들어야겠다.
그러려면 어떤 도량이 좋을까?

자랄 때 살던 집은 뒷산이 동쪽에 있는 서향집이었다.

한겨울 쉼 없이 방문을 두드리는 눈보라에 마루 가득 눈이 쌓였고,

아궁이에서 역류하는 연기로

어머님께서는 눈물 흘리신 적이 많았다.

어른이 되면 꼭 남향집을 지어야지.

절에 가는 길은

마을을 이리저리 가로지르는 것이 아니라

오롯이 한 길로 통하였으면 좋겠다 생각하였다.

산에 사는데 근처에 개울이 없다면 삭막할 거야.

연못을 만들 정도의 계곡 물이 흐르면 좋겠다.

가능하면 뒷산이 좀 높았으면 좋겠다.

절에 꽃이 좀 있어야지.

그런데 화야산은 야생화가 많아 꽃을 더 심을 필요가 없을 정도였다.

이 세상에서 제일 좋은 절은 어디일까?

해인사 송광사 통도사 범어사…

천년 고찰도 많지만
일 년에 몇 번이나 갈 수 있을까?
먼 곳에 있는 이름난 절은
생각 속에서는 좋지만 자주 가지 못 하니 아쉽다.

가고 싶은 마음만 내면 누구나 부담 없이
바로 나설 수 있는 가까운 산사山寺면 좋겠다.

이런 그림이 자연스럽게 나의 마음에 자리잡게 되었고
세월이 지나고 나서 생각해 보니
지금의 서종사가 마음 속 그림을 꼭 닮아 있었다⋯

구체적인 그림을 마음으로 그리고
꾸준히 생각하고 살다보면
어느덧 이루어져 있음을 발견하게 됩니다.

나무 그림 성취 불

현재의 모든 일들은 더 조아질라고 온 것이다 …

www.joajilrago.org

조아질라고

ⓒ 범일, 2009

2009년 1월 30일 초판 1쇄 발행
2024년 3월 27일 초판 11쇄 발행

글·사진 범일
발행인 박상근(至弘) • 편집인 류지호 • 상무이사 김상기 • 편집이사 양동민
편집 김재호, 양민호, 김소영, 최호승, 하다해, 정유리 • 정리 황영심(사진)·이남주(글)
디자인 이유신 • 제작 김명환 • 마케팅 김대현, 김선주, 이선호 • 관리 윤정안
콘텐츠국 유권준, 정승채, 김희준
펴낸 곳 불광출판사 (03169) 서울시 종로구 사직로10길 17 인왕빌딩 301호
        대표전화 02) 420-3200 편집부 02) 420-3300 팩시밀리 02) 420-3400
        출판등록 제300-2009-130호(1979. 10. 10.)

ISBN 978-89-7479-556-6 (03810)

값 15,000원

잘못된 책은 구입하신 서점에서 바꾸어 드립니다.
독자의 의견을 기다립니다. www.bulkwang.co.kr
불광출판사는 (주)불광미디어의 단행본 브랜드입니다.

감나무(2006, 캔버스에 아크릴, 72.7x100cm)
강요배 작가의 작품 '감나무'의 일부가 표지에 사용되었습니다.